Chère Lectrice,

En ouvrant ce livre de la Série Harmonie, vous entrez dans le monde magique de l'aventure et de l'amour.
Vous connaîtrez des moments palpitants, vous vivrez avec l'héroïne des émotions inconnues.
Duo connaît bien l'amour. La Série Harmonie vous passionnera.

Harmonie : des romans pour faire durer votre plaisir,
quatre nouveautés par mois.

Série Harmonie

KRISTIN JAMES

L'envers du mensonge

Les livres que votre cœur attend

Titre original : *A very special favor* (136)

Originally published by SILHOUETTE BOOKS,
division of Harlequin Enterprises Ltd,
Toronto, Canada

Traduction française de : Danièle Bouilly

48, avenue Victor-Hugo, 75116 Paris

Chapitre 1

Nul anniversaire ne fut jamais plus déprimant. Emily avait toujours repoussé avec horreur l'idée d'avoir un jour trente ans, se figurant sans doute pouvoir échapper à cette calamité. Hélas, l'inéluctable s'était produit : aujourd'hui, quatorze avril, elle changeait de dizaine.

Elle essuya la buée qui s'était déposée, après sa douche, sur le miroir de la salle de bains et s'observa de près. Sa peau présentait un léger fendillement autour des yeux. Et là, entre ses sourcils, n'était-ce pas une ride ? Elle tâtonna la tablette du lavabo pour trouver ses lunettes. Oui, c'était bien cela... Déjà, les premiers signes de la vieillesse !

La condensation qui ne s'était pas encore dissipée embua ses verres. Emily les ôta avec impatience puis, poussant un profond soupir, mit en marche le sèche-cheveux.

Très myope, elle n'apercevait dans la glace qu'une image floue d'elle-même tandis qu'elle promenait l'appareil électrique de la pointe à la racine de sa chevelure, mais quelle importance ! Sa coiffure ne nécessitait aucun soin particulier ; elle portait tout simplement ses cheveux longs, dans le dos. Et puis, à quoi bon se regarder ! Elle ne connaissait que trop bien son physique.

Elle était quelconque. Son visage, sans être

disgracieux, n'offrait aucun attrait particulier. Sa bouche, son nez, son menton, ses pommettes étaient affreusement ordinaires. Elle avait de grands yeux, bien sûr, mais d'une couleur gris clair qui ne forçait pas l'attention. De toute manière, ils étaient masqués par ses verres épais. Quant à ses cheveux blond cendré, ils étaient ternes, sans reflet doré.

Bref, elle était de celles qui passent inaperçues, de celles qu'on ne voit pas.

Son corps était aussi peu remarquable. Grande, mince, elle avait d'assez jolies jambes ; sa poitrine était cependant trop plate pour que l'on pût dire qu'elle avait une belle silhouette.

Quelle différence alors pour elle de prendre un an de plus ? Elle ne serait ni plus ni moins séduisante.

Emily haussa les épaules avec exaspération. Elle se laissait rarement aller, habituellement, à larmoyer sur son sort. Bien volontiers, elle reconnaissait avoir un employeur merveilleux, un travail intéressant. Sa santé était bonne, son salaire suffisant pour couvrir ses besoins ; elle parvenait même à économiser. Si elle la comparait à celle de sa mère et de sa tante, au même âge, sa vie était facile, sans problème.

Cette argumentation fut cependant impuissante, aujourd'hui, à chasser ses idées noires. Rapidement, elle se vêtit d'un tailleur marron et d'un chemisier blanc cassé puis se chaussa, comme à l'accoutumée, de mocassins plats. Ce n'était certes pas le genre de tenue qui allait la mettre en valeur mais Emily n'en supportait pas d'autre. Elle ne cherchait pas à compenser son insignifiance par des vêtements colorés, extravagants. Bien au contraire : moins elle se faisait remarquer et mieux elle se sentait.

Elle noua ses longs cheveux, détestant les avoir dans les yeux pour travailler, se maquilla très légèrement les lèvres et quitta sa chambre.

Comme elle approchait de la cuisine, des bruits de voix courroucées lui firent froncer les sourcils. Et voilà, c'était reparti...

— Quand même, ne même pas savoir faire griller du pain !

Tante Rosemary, l'air accusateur, brandissait devant elle un toast carbonisé. Avec ses cheveux grisonnants relevés en chignon et sa robe de chambre noire, elle semblait aussi sévère qu'un juge.

Comme toujours, Nancy, la mère d'Emily, offrait avec sa sœur un contraste saisissant. Les cheveux platinés, les oreilles ornées de lourds pendentifs, elle portait un déshabillé rose très décolleté et était déjà outrageusement fardée.

Emily ne put se défendre, une fois de plus, d'avoir honte à la vue de sa mère. Quel besoin avait-elle de s'accoutrer si vulgairement ?

— Si tu ne sortais pas tous les soirs, ce genre de choses n'arriverait pas, poursuivit sèchement Tante Rosemary, les lèvres pincées.

Au cours de ces querelles, de plus en plus fréquentes, Emily désapprouvait autant l'attitude de sa mère que celle de sa tante. Les jérémiades de Nancy l'agaçaient mais les reproches de Rosemary la hérissaient.

— Bonjour, lança-t-elle à la cantonade dans l'espoir de les faire cesser.

— Bonjour, ma chérie.

Un large sourire illumina le visage de Nancy. Elle n'avait pas été à proprement parler une bonne mère, dans le passé, préférant s'amuser plutôt que de se consacrer à l'éducation de sa fille, mais Emily n'avait jamais douté un seul instant de son amour, même durant ces pénibles années où son père les avait quittées.

Le salut de sa tante fut plus formel. Contrairement à Nancy, Rosemary n'était guère démonstrative. Emily savait cependant que sa tante la chérissait. C'est à elle qu'avait incombé le plus souvent la garde de l'enfant et elle semblait fière de la manière dont sa nièce avait grandi. Le comportement de sa propre fille, Jeannette, était loin de la satisfaire autant.

— Nous étions en train de préparer le petit déjeuner, expliqua Nancy.

Emily dissimula à grand-peine un sourire.

— Quelle audace, grommela sa tante. C'est moi qui...

La jeune femme soupira.

— Maman, tante Rosemary, je vous en prie...

Pour la énième fois, elle se demanda pourquoi les deux sœurs, si incompatibles de caractère, persistaient à habiter ensemble. Et elle, pourquoi continuait-elle à vivre à leurs côtés ?

Au départ, Emily avait choisi de rester avec sa mère, pour des raisons affectives, bien sûr, mais également pour des raisons financières. Le salaire de Nancy, employée dans un grand magasin n'était guère faramineux, aussi la contribution de la jeune femme avait-elle permis de payer les traites de la maison.

A la mort de son mari, survenue deux ans plus tôt, et sa fille Jeannette volant de ses propres ailes, Rosemary les avait rejointes. Les deux sœurs avaient uni leurs solitudes et leurs ressources. La présence d'Emily n'était donc plus indispensable mais elle n'avait jamais eu le courage de déménager. A chaque fois qu'elle l'avait envisagé, sa tante lui avait lancé un regard désapprobateur et Nancy, au bord des larmes, lui avait rappelé leurs nombreuses séparations au temps de son enfance.

A qui la faute ? pensait Emily. Elle n'avait pas eu la force, cependant, de mettre les points sur les i. Et puis, pourquoi partir, de toute manière ? Personne ne l'attendait nulle part. Elle aimait par ailleurs cette vieille demeure dans laquelle elle disposait d'un espace bien à elle. C'était son refuge quand elle avait besoin de calme ou quand les chamailleries de sa mère et de sa tante lui étaient insupportables.

— Bon, si nous parlions d'autre chose ? Je vais faire griller le pain, proposa-t-elle.

Nancy jeta à sa sœur un regard triomphant puis, s'asseyant aux côtés d'Emily, l'entreprit sur la vie agitée de la fille de leur voisin. Elle fréquentait, disait-on, un musicien de rock.

Rosemary, qui préparait des œufs brouillés, leur tournait le dos mais Emily nota son irritation au raidissement de sa nuque.

— Quelle misère ! Une petite si bien élevée, commenta-t-elle finalement, une fois à table.

Emily se servit rapidement, sans mot dire. Si quelque chose l'énervait encore plus que les commérages de sa mère, c'était bien les sermons de sa tante sur le péché. Elle grignota un toast, avala un jus d'orange et se leva.

— A ce soir. Merci pour le petit déjeuner, tante Rosemary.

— Tu travailles trop dur, protesta Nancy. Il n'est même pas encore 7 h 30.

— Je sais, mais j'ai de nombreuses tâches en retard.

C'était vrai. En fait, c'était la même chose tous les jours, aussi n'avait-elle aucune raison particulière de partir plus tôt ce matin. Elle avait simplement besoin de fuir cette atmosphère familiale qui lui semblait, aujourd'hui, plus oppressante que jamais.

Elle adressa un dernier signe de la main aux deux femmes, attrapa son sac et se hâta vers la porte. Dans la rue, son sourire revint à la vue de sa voiture, un coupé Mazda, d'un bleu métallisé vif.

C'était le genre de véhicule que personne n'aurait pensé à lui attribuer, c'est pourquoi Emily l'aimait. Au volant de son bolide, elle se sentait autre, forte, confiante en elle. Elle conduisait vite, avec habileté. Se faufiler dans la circulation lui procurait des sensations grisantes. Dans ces moments-là, les seuls d'ailleurs, elle avait l'impression de vivre pleinement sa vie.

Emily emprunta Reynolda Road. Ce n'était pas le chemin le plus court pour se rendre au bureau mais elle le prenait systématiquement au printemps et à l'automne. De splendides cerisiers du Japon bordaient en effet cette route et elle ne se lassait pas d'admirer les fleurs vaporeuses, d'un rose tendre, ou les feuillages mordorés, à l'une ou l'autre de ces deux saisons.

Une fois sortie de la ville, un paysage habituel de tours et d'immeubles s'offrit à ses yeux. Parmi ces constructions, se détachait un édifice en verre fumé : *Allied Central Bank*, son lieu de travail.

Emily pénétra dans le parking souterrain où elle avait un emplacement réservé, puis, de là, gagna le large hall d'entrée.

Elle aimait s'attarder un instant, chaque matin, dans cet espace magnifique et reposant. Tout en baies vitrées, il regorgeait de plantes vertes. En son centre, s'élevait une ravissante fontaine de marbre qui coulait sans interruption.

Une rangée d'ascenseurs menaient aux étages. Emily prit le premier qui se présenta à elle et s'arrêta au seizième. « Marshall, Pierson, Tidrell et Sommers, avocats d'affaires », lisait-on sur la plaque du palier.

Tout dans cette importante société civile professionnelle, de la moquette du sol aux boiseries des murs, en passant par le mobilier, respirait la notoriété, la compétence.

Il n'était pas encore 8 heures et la plupart des employés, à commencer par la standardiste, n'étaient pas encore arrivés. Un silence total régnait dans les couloirs.

Comme Emily approchait de son bureau, elle en vit sortir Adam Marshall, les sourcils froncés, l'air préoccupé. La jeune femme sentit son cœur battre. Bien qu'elle travaillât avec lui depuis déjà dix ans, elle frémissait toujours à sa vue. Il était si beau !

Grand, d'une carrure athlétique, Adam Marshall avait des cheveux de jais, une peau mate et de splendides yeux bleus. Les traits de son visage étaient nobles et réguliers; seule une petite cicatrice au coin de la bouche en altérait la perfection. Il était vêtu, ce matin, d'un costume trois-pièces gris perle avec lequel s'harmonisaient une chemise et une cravate respectivement gris pâle et gris anthracite. Tout comme le cabinet d'affaires, il était l'image de la réussite, de la renommée.

Sa réputation dépassait d'ailleurs largement le cadre des tribunaux de commerce et lui valait l'admiration de nombreuses personnes, des femmes, plus particulièrement. Emily l'aimait en secret depuis des années.

Son employeur l'aperçut alors et sourit, soulagé.

— Ah, vous voilà !

— Vous cherchez quelque chose ?

— Oui, le dossier Raynor.

Une fois dans son bureau, Emily ouvrit sans hésiter le bon tiroir.

— Le voici, fit-elle.

Adam la gratifia d'un chaleureux sourire qui fit naître, comme d'habitude, dans tout son corps une soudaine langueur.

— Que ferais-je sans vous ! Pouvez-vous venir un instant chez moi ? J'étais en train de vous enregistrer du courrier, mais puisque vous êtes là, autant que je vous le dicte directement.

Emily attrapa un stylo et un bloc et le suivit dans son bureau, de l'autre côté du couloir. Sa pièce était spacieuse, meublée avec goût. Des dossiers s'empilaient un peu partout. Sur sa table de travail, un attaché-case, ouvert, contenait déjà quelques documents. Adam continua à le remplir tout en énumérant à sa secrétaire les tâches à réaliser.

La jeune femme, imperturbable, les notait rapidement, pas le moins du monde effarée par l'énorme besogne qui l'attendait. Elle avait l'habitude de rester tard le soir. Il lui était même arrivé quelquefois, en cas d'urgence, de venir le samedi.

Comme Adam se taisait un moment pour relire un courrier, Emily l'observa tout à loisir. Les premiers rayons de soleil qui filtraient dans la pièce faisaient scintiller ses cheveux noirs. Elle éprouva une impérieuse envie de les caresser, de laisser courir ses doigts le long de sa nuque... Elle se força à détourner la tête. De quoi aurait-elle l'air si Adam la surprenait en train de le dévorer des yeux ?

— Très bien, fit-il en reposant la lettre. Où en étais-je ?

— Vous souhaitiez que je reporte votre rendez-vous avec Phil Barret à vendredi.

— Ah oui. Vous m'excuserez auprès de lui, mais je ne peux pas m'arranger autrement. Une affaire urgente m'oblige à aller à Raleigh toute la journée. Il faut que je parte, d'ailleurs. Bon, je crois avoir fait le tour de tout ce que j'avais à voir avec vous. Si vous désirez me joindre, je serai chez Jerry Fullmer, de la Société Hinton et Barnes.

Sur ces mots, Adam ferma son attaché-case et se dirigea vers la porte.

Emily le suivit dans le hall.

— Bonne journée, murmura-t-elle.

— Merci, mais je doute qu'elle le soit. A demain.

Il ne lui avait même pas souhaité son anniversaire, pensa la jeune femme avec tristesse. Pour de telles occasions, il était d'usage, dans la société, de faire circuler une carte et d'organiser une collecte pour l'achat d'un petit cadeau.

Adam y avait participé, sans aucun doute, mais occupé comme il l'était toujours, il avait dû s'empresser de l'oublier aussitôt après. C'est tout à fait normal, essaya de se persuader Emily, le cœur malgré tout serré.

Elle aimait Adam depuis le premier jour de leur rencontre. Il débutait alors dans la profession et embauchait sa première assistante. Emily, elle, venait d'obtenir un diplôme de secrétariat, couronnant deux années d'études à Forsyth Tech. Elle mourait de peur au début de l'entretien. Le charme de son interlocuteur n'avait pas peu contribué à l'intimider. Adam s'était cependant montré la gentillesse même. Il lui avait très peu posé de questions, insistant plutôt sur le rôle qu'il attendait de sa collaboratrice.

Depuis, Emily ne voyait plus que lui...

L'indifférence d'Adam à son égard, en dehors du travail — il était alors marié avec une jeune femme superbe — aurait dû la décourager. Mais non... De même, le fait de le côtoyer tous les jours, d'observer ses faiblesses, ses travers aurait dû lui faire relativiser l'admiration qu'elle éprouvait pour lui. Il n'en avait rien été. Elle trouvait au contraire ses défauts excusables, voire attachants. Au fil des années, les sentiments qu'elle lui portait s'étaient intensifiés pour devenir passionnés.

Quand sa femme l'avait quitté, deux ans plus tôt, Emily avait partagé en secret sa douleur et son désarroi. Tout ce qui l'affectait la concernait.

Bien sûr, elle était consciente de vivre un amour impossible. Adam l'appréciait, certes, mais uniquement pour l'efficacité dont elle faisait preuve dans son travail. La considérait-il seulement comme une femme? Elle était si laide... Et puis, un monde les séparait.

Les Marshall étaient l'une des familles les plus anciennes, les plus riches et les plus respectées de Caroline du Nord. Depuis 1800, ils occupaient la première place dans le domaine bancaire et juridique. Le bisaïeul d'Adam était un juge fédéral. Son grand-père avait fondé *Allied Central Bank*. Et, comme si le prestige de cette lignée était insuffisant, le père d'Adam, Leith, avait épousé Joyce Fairman, l'héritière de la fortune des industries textiles Fairman. Les Marshall appartenaient donc, sur le plan social, financier et politique, à l'élite de la société de Winston-Salem.

Quant à Adam, il était sans conteste le descendant le plus brillant de cette famille. Tout lui réussissait. Ses parents le portaient aux nues, les jeunes avocats s'inspiraient de son expérience. Tôt ou tard, Emily en était persuadée, il reconstruirait sa vie avec une femme aussi belle, aussi resplendissante que Cassie.

La seule évocation de ce nom suffisait à plonger Emily dans une colère noire. Comment pouvait-on quitter Adam ! Elle avait toujours détesté cette femme, sa rivale secrète ; maintenant, elle la méprisait pour la souffrance qu'elle infligeait à son ex-mari. A l'évidence, Adam l'aimait toujours.

— Bonjour, Emily.

La jeune femme sursauta. La vue d'Anna, la secrétaire de Parke Wilson, la ramena aussitôt à la réalité. Elle répondit avec empressement à son salut, échangea avec elle quelques mots puis réintégra son bureau.

Sans tarder, elle brancha son traitement de texte. La journée s'annonçait triste et morne. Autant s'attaquer tout de suite au travail qu'Adam lui avait laissé.

A midi, Emily était venue à bout des tâches les plus urgentes. Elle décida, ainsi qu'elle le faisait souvent, d'aller s'acheter un sandwich au distributeur de la salle de repos et de passer son heure de déjeuner dans son bureau.

Comme elle sortait dans le couloir, elle croisa sa cousine Jeannette.

— Ah, Emily ! J'avais peur de te manquer. Tu es libre, j'espère, je t'emmène manger.

— Mais je...

— Ah non, ne me dis pas que tu comptais travailler durant ta pause, fit sa cousine d'un ton de reproche. Franchement Emily, je ne te comprends pas : le jour de ton anniversaire ! Mais peut-être ne le sais-tu même pas !

— Tu avais bien besoin de me le rappeler !

Jeannette haussa les épaules.

— C'est idiot. Ce n'est pas parce que tu as un an de plus que ta vie sera moins bonne qu'avant.

Jeannette parlait pour elle. En voilà une qui savait profiter de la vie ! Elle était tout ce qu'Emily n'était pas : vivante, passionnée, expansive. Cette différence se retrouvait également sur le plan physique. Ses cheveux blonds étaient soyeux, ses yeux gris expressifs. Elle portait toujours des tenues originales qui mettaient en valeur sa beauté délicate.

Enfin et surtout, elle avait déjà connu bon nombre d'aventures sentimentales mais ne souhaitait s'attacher à personne en particulier. Elle aimait trop son indépendance.

Malgré leurs personnalités diamétralement opposées, les deux cousines étaient cependant d'excellentes amies, et ce, depuis toujours. Jeannette était d'ailleurs la seule personne à qui Emily avait avoué ses sentiments pour Adam Marshall.

— Allez, viens, nous allons fêter ton anniversaire.

D'autorité, Jeannette lui avait pris le bras pour l'entraîner vers les ascenseurs.

— Mais mon sac est resté dans mon bureau, protesta Emily.

— Aucune importance, c'est moi qui t'invite. Et puis, j'ai trop peur que tu te réinstalles derrière ta machine, sinon.

Emily rit de bon cœur.

Elles déjeunèrent dans un snack voisin. Cela faisait plusieurs semaines qu'elles ne s'étaient pas vues, aussi eurent-elles de nombreuses choses à se raconter. Emily nota, sans ressentiment, que la vie de sa cousine était beaucoup plus remplie que la sienne.

— Comment va Len ? l'interrogea-t-elle.

— Bah, c'est déjà de l'histoire ancienne. Et toi ? As-tu rencontré quelqu'un d'intéressant ?

— Quelle ténacité ! répondit Emily d'un ton qu'elle voulut enjoué.

— C'est que ton bonheur me tient à cœur.

— Mais je suis heureuse.

— Hum, hum.

— Parfaitement. J'aime mon travail.

— Tu aimes ton patron, c'est différent.

— Mon travail également. Il est passionnant.

— Emily, enfin, ne crois-tu pas que tu peux demander davantage à l'existence ?

Emily baissa les yeux sur son assiette. Jeannette avait raison. Elle végétait. Elle en était consciente aujourd'hui plus que jamais.

Que savait-elle des choses de la vie ? Rien ou si peu. A trente ans, elle n'avait encore connu aucun homme. Pas un ne l'avait seulement tenue dans ses bras. Sa seule expérience dans ce domaine, si toutefois l'on pouvait employer ce terme, était négative : elle aimait passionnément sans être aimée.

Aurait-elle droit un jour à sa part de bonheur ? A quoi bon continuer à vivre, sinon.

Jeannette nota immédiatement la douleur qui s'était peinte sur le visage de sa cousine.

— Emily, excuse-moi. Je ne voulais pas te blesser... Je... C'est que j'aimerais tant te voir heureuse, gaie.

Emily esquissa un pauvre sourire.

— Je vais bien, je t'assure.

Bien que persuadée du contraire, Jeannette n'insista pas. Emily était trop secrète pour s'épancher. Qu'elle lui eût avoué ses sentiments pour son patron était déjà en soi un événement !

La meilleure des choses à faire était donc de changer de sujet. Elle avala une gorgée de thé glacé puis demanda :

— Comment vont ma mère et tante Nancy ?

Il était 13 h 30 passées quand Emily réintégra son bureau. Les messages s'étaient amoncelés sur sa table durant son absence ; deux seulement lui étaient adressés nominativement, encore ne concernaient-ils que son travail. Mais quoi de plus normal, pensa Emily, amère, puisque personne ne s'intéressait à elle dans un domaine extra-professionnel.

Elle s'obligea à ouvrir un dossier pour ne pas laisser le désespoir la submerger mais le résultat fut peu concluant. Les mêmes pensées, les mêmes regrets l'obsédaient : sa jeunesse gâchée, son éternelle solitude... Jamais un homme n'était venu à sa rencontre, les yeux brillant de désir. Jamais on ne s'était allongé sur un lit, à ses côtés. Emily ferma les yeux pour se représenter cette image. Immanquablement, comme à chaque fois qu'elle se figurait cette scène, son partenaire prit les traits d'Adam Marshall.

La jeune femme poussa un profond soupir. C'était sans issue... Il y avait bien un employé, à l'étage du dessous qui lui adressait toujours des sourires engageants et un avocat qui avait la réputation d'être coureur, mais Emily répugnait à cette alternative.

Hélas, si elle voulait connaître les mystères de l'amour, elle serait bien obligée d'oublier Adam.

Vers le milieu de l'après-midi, Jill Chester, la secrétaire du bureau voisin l'invita à venir dans la salle de repos pour la pause café. Emily savait bien pourquoi. On allait fêter son anniversaire. Fêter ! Quelle ironie cruelle : célébrer quelque chose qui la déprimait tant ! Elle fit cependant un effort sur elle-même et feignit d'être à la fois surprise et ravie.

Presque toutes les employées étaient déjà regroupées dans la pièce. Quelques avocats dont les bureaux étaient proches se trouvaient là également. Après avoir eu droit au rituel « happy birthday », Emily souffla les bougies sur son gâteau et défit son cadeau : un élégant presse-papier en verre. A tous, elle dit merci puis découpa le dessert. Elle avala sa part à grand-peine tant elle avait la gorge serrée.

Par bonheur, chacun semblait assez pressé. Le goûter ne s'éternisa donc pas trop longtemps. Une fois seule dans son bureau, Emily examina attentivement toutes les signatures de la carte. Celle d'Adam, large et élégante, y figurait en bonne place.

Une larme roula le long de sa joue qu'elle chassa avec impatience. Ah non ! Elle n'allait pas devenir en plus une pleurnicheuse ! Avec détermination, la jeune femme mit en marche le dictaphone pour taper du courrier.

Elle travailla d'arrache-pied tout le reste de l'après-midi. Vers 17 heures, ses collègues commencèrent à quitter leurs bureaux. Emily continua courageusement jusqu'à 19 heures. Une vive douleur dans le dos la contraignit alors à s'arrêter.

Son moral était toujours au plus bas et passer la soirée en compagnie de sa tante et de sa mère ne lui disait rien qui vaille, mais que faire d'autre ? Elle ne pouvait tout de même pas camper ici !

Machinalement, elle éteignit le traitement de texte, rangea ses disquettes et ses dossiers dans un tiroir de son bureau puis se disposa à sortir.

Comme elle franchissait le seuil de la porte, le téléphone se mit à sonner. Le standard ne fonctionnait plus à cette heure tardive, aussi le timbre résonnait-il dans chaque pièce. Certaine d'être seule à l'étage, maintenant, Emily revint sur ses pas.

— Marshall, Pierson, Tidrell et Sommers, j'écoute.

— J'étais sûre de te trouver encore là, fit une voix désapprobatrice. Te rends-tu compte qu'il est 19 heures !

— Oui, maman. Je partais justement.

— C'est bien vrai ? De toute manière, nous ne nous verrons plus maintenant. Je sors, ce soir.

— Ce n'est pas grave.

— Rosemary t'a confectionné un superbe gâteau au chocolat pour ton anniversaire. Ah, si j'avais ta ligne, j'aurais pu rester pour y goûter mais... Non, il vaut mieux que je m'en aille. Cette femme me porte tellement sur les nerfs !

Emily soupira.

— Vous vous êtes encore disputées ?

— Comme d'habitude, mais ce n'est pas pour cela que je t'appelais. As-tu lu le journal aujourd'hui ?

— Non.

— Eh bien, regarde dans le carnet mondain. Tu ne devineras jamais qui se marie.

La jeune femme feignit l'intérêt.

— Ah oui ? Qui cela ?

— Sherry Pike. Incroyable, non ?

— Sherry Pike ? Tu plaisantes ?

Emily revit la fillette boulotte avec laquelle elle avait partagé le même banc à l'école primaire, puis au collège. Elle était laide, molle, sans personnalité. Même Emily se reconnaissait supérieure à elle. Qu'elle ait réussi à se marier dépassait toute imagination ! Cette nouvelle époustouflante la força à s'asseoir.

Sa mère reprit :

— Si tu ne me crois pas, vérifie toi-même. Dis-moi maintenant, comment se fait-il que tu n'arrives pas à en faire autant ?

— Oh, maman !

— Ne proteste pas. Tu sais que j'ai raison. Sherry Pike est loin de te valoir, pourtant elle se marie le mois prochain, avec un ingénieur, de surcroît. Comptes-tu passer toute ta vie à taper à la machine dix heures par jour dans un bureau ?

— Maman, je...

— Je voudrais tellement te voir heureuse.

— Je t'en prie.

Emily sentit ses yeux se mouiller de larmes. Avant de perdre le total contrôle d'elle-même, elle s'empressa d'ajouter :

— Ecoute, je ne peux pas te parler pour le moment. Il faut que je parte. Au revoir.

Elle raccrocha aussitôt sans s'inquiéter de son attitude cavalière.

Après cette journée déprimante, l'appel de sa mère était la goutte d'eau qui faisait déborder le vase.

Il semblait que tout le monde connût le bonheur, sauf elle. Chaque femme, même cette Sherry Pike paraissait ne rien ignorer des mystères de l'amour. Pourquoi était-elle la seule laissée-pour-compte ? Pourquoi ? Bientôt, elle deviendrait une vieille fille aigrie, desséchée avant l'âge.

Emily pensa à Adam, à son grand lit vide dans sa chambre, à l'inertie de sa vie... Un sanglot lui échappa. Elle s'effondra sur son bureau, la tête entre ses bras croisés, et donna libre cours à sa douleur.

Chapitre 2

Adam Marshall s'engagea dans le parking souterrain de *Allied Central Bank* et gara sa BMW à l'emplacement qui lui était réservé. Son attaché-case à la main, il se dirigea vers les ascenseurs.

Il se sentait fourbu après cette longue journée à Raleigh. Hélas, elle n'était pas terminée : il lui restait encore à consigner les différents entretiens qu'il avait eus aujourd'hui. Il soupira à la pensée des nombreux messages qui devaient l'attendre, comme d'habitude, sur son bureau. Emily les aurait certainement classés par ordre d'importance, de même que le courrier du jour.

Grâce au ciel, il avait Emily ! C'était vraiment une collaboratrice hors pair, qui exécutait largement, à elle seul, le travail de deux secrétaires. Il s'était vraiment montré perspicace en l'embauchant.

Quel idiot il était d'avoir oublié son anniversaire, ce matin. Il avait pourtant signé la carte qui lui était destinée pas plus tard qu'hier ! Son voyage imprévu à Raleigh était sans doute la cause de cette omission.

Avait-elle reçu un joli cadeau ? Resterait-il du gâteau ? Il l'espérait car il mourait de faim.

L'ascenseur arriva. Une fois à l'étage de sa société, Adam se rendit directement à la salle de repos.

La cafetière était vide et soigneusement rincée. Après avoir hésité quelques instants, Adam décida de la remettre en marche. Il en avait encore au moins pour deux heures de travail.

S'attarder au bureau ne le dérangeait pas. Il y passait d'ailleurs le plus clair de son temps depuis ces deux dernières années. Pourquoi aurait-il été pressé de rentrer chez lui, de toute manière ? Personne ne l'y attendait. L'espace d'une seconde, l'image de Cassie s'imposa à son esprit ; il la chassa avec impatience.

La vue du gâteau d'anniversaire, dans le réfrigérateur, ramena un sourire sur ses lèvres. Il en restait presque un quart. Adam en prit tout de suite deux parts ; il dévora la première tout en préparant le café.

Un bruit insolite le fit soudain s'arrêter. Il tendit l'oreille. Le son se reproduisit. Intrigué, Adam sortit dans le hall. Il était désert. A nouveau, le même gémissement déchira le silence. On aurait dit des sanglots.

Qui pouvait bien se trouver encore ici, à cette heure tardive ? Adam aperçut alors un rai de lumière filtrer sous la porte du bureau de sa secrétaire. Il fronça les sourcils : Emily, en train de pleurer ?

Doucement, il pénétra dans la pièce. Emily, assise sur sa chaise dactylo, lui tournait le dos.

— Emily ? fit-il d'une voix inquiète, se demandant soudain s'il avait raison de s'en mêler.

Sa secrétaire fit pivoter son siège sur-le-champ. Ses yeux étaient boursouflés, son nez, rougi.

Un cri étouffé lui échappa à la vue de l'avocat et elle essuya prestement, du revers de la main, les larmes qui roulaient le long de ses joues.

— Je suis désolée, murmura-t-elle faiblement.

— Désolée ? Que voulez-vous dire ?

Adam s'avança, échafaudant déjà mille hypothèses pour s'expliquer le chagrin d'Emily.

Mon Dieu, pourquoi était-il rentré maintenant ? se désespéra cette dernière, au comble de la confusion. Décidément, le sort s'acharnait sur elle, aujourd'hui. Elle devait être horrible ; elle l'était toujours quand elle pleurait. D'une main tremblante, elle tenta de remettre de l'ordre dans sa chevelure ébouriffée.

— Que se passe-t-il ? reprit gentiment Adam.

— Rien, rien, je vous assure.

Comme pour démentir ses paroles, un gros sanglot la secoua. Elle porta vivement une main à ses lèvres pour en cacher le tremblement. C'était ridicule ! Pourquoi n'arrivait-elle pas à se contrôler ?

— Emily ! s'écria l'avocat.

En deux enjambées, il fut derrière elle, lui pressant l'épaule de sa main.

Ce geste, quoique purement amical, accrut le trouble de la jeune femme.

— Je suis désolée, ne put-elle que répéter.

— Vous n'avez aucune raison de l'être. Ne savez-vous donc pas qu'il est interdit d'être triste le jour de son anniversaire ? ajouta-t-il d'un ton enjoué.

Il s'en était souvenu ! Malgré son désarroi, Emily en conçut un vif plaisir. C'était comme si on lui versait du baume sur le cœur. Elle tenta de sourire mais les larmes la prirent de vitesse. Rapidement, elle se détourna pour se moucher.

Jamais elle ne s'était sentie aussi humiliée. Se laisser aller de la sorte devant Adam ! Comment pourrait-elle lever les yeux sur lui, par la suite ?

— C'est sans doute le fait d'avoir trente ans qui me donne le cafard, balbutia-t-elle.

Trente ans ? Bien que ne s'étant jamais interrogé sur l'âge de sa secrétaire, Adam fut surpris par cette nouvelle. La croyait-il plus jeune ? Il n'aurait su le dire cependant.

— Ah, ah ! s'exclama-t-il d'un air entendu. Tout s'explique. Vous savez ce qu'il vous faut ?

Il fit pivoter son siège pour l'obliger à le regarder.

Emily secoua la tête.

— Un remontant. Venez, je vous emmène au pub.

Une expression inquiète se lut sur le visage de la jeune femme.

— Je vous remercie mais... ce n'est pas la peine.

— Bien sûr que si. Tout avocat qui se respecte se doit d'offrir un verre à sa secrétaire, le jour de ses trente ans. C'est prévu par le code du travail, ajouta-t-il en riant.

D'autorité, il lui tendit son sac. Emily le saisit machinalement, encore trop bouleversée pour réagir. La main d'Adam sur son bras la fit vivement tressaillir.

— Non, je vous en prie. Il vaut mieux que je rentre chez moi. Je ne peux pas sortir... dans cet état.

D'un geste, elle désigna son visage ravagé par les larmes.

— Il fait sombre dans le pub, répliqua Adam sans sourciller. Allez, levez-vous maintenant.

Emily obéit. Malgré sa confusion, elle était en fait ravie de passer quelques instants en tête à tête avec lui. Excepté pour la fête de Noël, jamais elle n'avait l'occasion de le retrouver dans un cadre autre que le travail. Encore n'étaient-ils pas seuls.

Son cœur se mit à battre à tout rompre.

Trouverait-elle quelque chose à dire ? Si seulement Adam ne l'avait pas vue pleurer !

A cette heure tardive, les rues étaient désertes. Ils marchèrent d'un bon pas vers le pub le plus proche de la société.

A la porte du bar, Adam s'effaça pour laisser passer la jeune femme. Cette galanterie, dont elle était peu coutumière, la toucha beaucoup.

Effectivement, la lumière était tamisée à l'intérieur. La clientèle était peu nombreuse et ils trouvèrent sans peine une table tranquille, au fond de la salle. Des bruits de voix et de musique leur parvenaient de temps à autre, de manière assourdie.

Emily se sentit horriblement mal à l'aise, sitôt assise. Elle jeta un coup d'œil furtif à son troublant vis-à-vis.

Adam, renversé dans son siège, avait desserré sa cravate. Il lui sourit.

— Cela va-t-il mieux ?

— Oui, je vous remercie.

L'espace d'une seconde, Emily s'imagina qu'elle était venue à un rendez-vous. Ce n'était pas son employeur qui se tenait devant elle, mais son amoureux... Ne constituaient-ils pas de toute manière une seule et même personne ? Pour elle uniquement, hélas !

— Que désirez-vous boire ?

Prise au dépourvu, la jeune femme hésita. Que prenait-on dans ce genre d'endroit ? Elle y entrait si rarement. Elle avisa rapidement la carte des consommations qui était posée sur la table.

— Euh... un daiquiri fraise.

Adam commanda pour lui un whisky.

Sans attendre, il engagea la conversation sur le travail. Ravie de ce sujet inoffensif, Emily lui fit part des messages qu'il avait reçus et lui indiqua quelles tâches elle avait eu le temps de mener à bien.

Dans l'intervalle, la serveuse leur apporta leurs apéritifs. Emily goûta immédiatement le sien.

Bien que doux et parfumé, le cocktail lui laissa dans la gorge une agréable brûlure. Elle s'amusa un moment, pour se donner une contenance, à remuer le liquide rose avec sa cuillère.

— Votre journée à Raleigh s'est-elle bien passée ? murmura-t-elle.

Adam haussa les épaules.

— Mieux que je ne l'espérais. Le procès débutera probablement cette semaine. J'avais peur, pendant un temps, d'être obligé de le faire ajourner.

Une fois épuisé le chapitre des affaires, un silence gênant s'installa entre eux.

Avait-il eu raison d'emmener Emily prendre un verre ? se demanda soudain Adam. Il l'avait fait impulsivement, par pure gentillesse, pour la réconforter. Il ne savait que dire, cependant, se sentant vaguement mal à l'aise. La nervosité de la jeune femme ne lui échappait pas non plus.

Quand quelque chose n'allait pas, dans sa vie personnelle, comme dans son travail, il essayait toujours de saisir les problèmes à bras-le-corps. Mais maintenant, il avait peur de paraître inquisiteur s'il questionnait Emily. Elle était si secrète. Il s'aperçut alors qu'il ne connaissait pratiquement rien d'elle. Où habitait-elle ? Comment venait-elle au bureau ?

— Vous avez une voiture ? demanda-t-il à brûle-pourpoint.

Etonnée, Emily eut un petit rire forcé.

— Oui, une Mazda. Pourquoi ?

Adam haussa les épaules.

— Pour rien. C'est quand même incroyable que je ne le sache pas après dix ans de travail en commun, vous ne trouvez pas ?

La jeune femme avala une gorgée de son cocktail. Son visage ne gardait plus trace de sa récente crise de larmes et, l'alcool aidant, elle se sentait détendue.

— Vous, vous avez une BMW beige, indiqua-t-elle.

— Eh bien, vous êtes davantage renseignée sur mon compte que moi sur le vôtre. Mais c'est normal, vous êtes tellement cachottière, ajouta Adam avec un large sourire.

— Moi ? Pas du tout. C'est que...

Emily marqua un temps d'arrêt.

— ... Il n'y a tout simplement rien à connaître sur moi.

Adam se mit à rire.

— C'est vous qui le dites !

— C'est l'exacte vérité, pourtant.

— Il y a des tas de choses que j'ignore vous concernant. Où habitez-vous, par exemple ?

— A Silas Creek Parkway, dans une vieille demeure. Vous voyez, fit-elle d'un air désabusé, cela ne présente aucun intérêt.

— Pour vous, peut-être. Je veux tout savoir de votre vie, à présent.

— Vous en aurez vite fait le tour, je le crains.

— Eh bien, c'est ce que l'on va voir.

Le défi se lisait dans son regard. Il la dévisagea soudain intensément, de ses magnifiques yeux bleus. Troublée, Emily détourna la tête.

— Ah, ah, fit-il en pointant son index vers elle. Vous n'avez pas la conscience tranquille !

La jeune femme rougit violemment. Si Adam connaissait ses secrets ! Son amour pour lui, son éternelle solitude, son désespoir de ne pas encore avoir connu d'homme à son âge... Ces pensées occupaient si fort son esprit qu'elle eut peur, un instant, de les laisser s'échapper.

Pour dissimuler sa confusion, elle vida d'un trait son verre. Une douce chaleur l'envahit aussitôt. Elle avait l'impression de flotter dans un état second, de n'être qu'une spectatrice de la scène qui se déroulait, au ralenti, sous ses yeux.

Comme dans un rêve, elle vit Adam faire signe à la serveuse de renouveler les consommations.

— Je me sens toute bizarre, bredouilla-t-elle. Il vaut mieux que j'arrête de boire, je crois.

Son air sérieux amusa Adam.

— Eh bien, si vous êtes ivre, je n'aurai aucun mal à vous soutirer des informations, fit-il en riant.

— Vous allez être déçu.

— A moi d'en juger.

Adam se sentait également nettement plus détendu, à présent. Le whisky, à jeun, y était pour beaucoup, bien sûr. Les rougeurs d'Emily avaient cependant piqué sa curiosité. Que pouvait-elle avoir à cacher ? Elle semblait être un modèle de vertu.

— Avez-vous des camarades de chambre ? poursuivit-il.

Une lueur malicieuse brilla dans ses yeux.

— Eh oui, l'interrogatoire continue ! Que voulez-vous, c'est mon métier !

Rien que pour voir son merveilleux sourire, Emily aurait accepté de répondre à mille questions de sa part.

— Si l'on veut. Je vis avec ma mère et ma tante.

L'avocat fronça les sourcils.

— Votre mère et votre tante ? A votre âge ?

— Ne vous avais-je pas prévenu que ma vie n'avait rien de palpitant ?

— Et côté cœur ?

Devant le silence de la jeune femme, Adam insista.

— Je sais bien que vous n'êtes pas mariée, mais vous avez sûrement un ami, un fiancé, un amant.

Ce seul mot éveilla en Emily un brusque désir. L'image de deux corps nus, enlacés, s'imposa avec force à son esprit. Il s'agissait, bien sûr, comme toujours, d'Adam et elle. Effrayée à l'idée qu'Adam lise dans ses yeux, elle détourna rapidement la tête.

L'avocat nota son embarras. Encore un cœur brisé par l'amour, pensa-t-il tristement. Un élan de sympathie l'envahit et il pressa la main de la jeune femme dans la sienne pour l'assurer de sa compréhension.

— Je suis désolé. C'est pour cela que vous pleuriez, tout à l'heure, n'est-ce pas ?

— Comment le savez-vous ? riposta Emily, d'un ton agressif.

D'une voix presque inaudible, elle ajouta :

— Est-ce donc si évident ?

— Evident ? répéta Adam, surpris.

— Que... je n'ai pas...

Elle s'arrêta, impuissante à poursuivre.

De plus en plus intrigué, Adam reprit :

— Que vous n'avez pas quoi ?

— Pas d'homme, souffla-t-elle, cramoisie.

Interloqué par sa manière de s'exprimer, Adam précisa :

— Vous voulez dire que votre ami vous a quittée, je suppose.

C'en était trop ! Emily laissa brusquement éclater son désespoir.

— C'est pourtant clair, non? Je n'ai encore jamais eu d'amant. Voilà, vous savez tout, maintenant.

Abasourdie par ce qu'elle venait de révéler, et en présence de qui (!), Emily vida son deuxième verre d'un trait. Comment avait-elle pu perdre à ce point le contrôle d'elle-même ? Elle était ivre, à n'en plus douter. Le feu lui monta au visage.

— Excusez-moi. Je suis ridicule, balbutia-t-elle, les yeux baissés.

— Mais non...

Adam ne savait que répondre. La confidence d'Emily l'avait sidéré. S'il s'était posé la question, auparavant, il aurait sans aucun doute prêté à la jeune femme une liaison.

Elle n'était pas très jolie, bien sûr ; elle n'avait pas du moins la beauté époustouflante de Cassie, mais n'était certainement pas désagréable à regarder. Intelligente, efficace, elle avait un esprit d'à-propos et le sens de l'humour, il avait déjà eu l'occasion de le noter. Bref, elle semblait facile à vivre, d'une compagnie plaisante. Pourquoi aucun homme ne l'aurait-il désirée ?

Et si c'était elle qui avait repoussé, par pudibonderie, toute tentative d'approche ? Non, ce n'était pas possible. Elle n'en serait pas chagrinée, alors.

Cependant...

Adam ferma les yeux pour se représenter l'attitude de sa secrétaire au bureau. Elle restait toujours en retrait, même avec lui qu'elle connaissait pourtant depuis dix ans. Dans les couloirs, elle marchait la tête baissée, comme si elle craignait de croiser le regard des autres. Les vêtements qu'elle portait, enfin, classiques et neutres, contribuaient à la rendre effacée. De toute évidence, elle ne faisait rien pour attirer l'attention, alors que c'était justement ce qu'elle semblait désirer le plus au monde !

Cette jeune femme, qui, jusqu'à maintenant, lui était aussi familière que le mobilier de son bureau, l'intrigua soudain. Et les énigmes le passionnaient.

A nouveau, des larmes roulaient le long des joues d'Emily. Elle chercha précipitamment un mouchoir dans son sac. Comme Adam devait regretter de l'avoir amenée ici, pensa-t-elle. Qu'il eût gardé sa main sur la sienne la surprenait. Elle ne fit rien pour se dégager. Ce contact était si agréable, si réconfortant.

— Souhaitez-vous en parler ? demanda-t-il.

Emily fut étonnée par la douceur et la gravité de son regard. Un rire ou une moquerie de sa part lui auraient été intolérables. Il semblait au contraire compréhensif et tendre. Un brusque besoin de s'épancher la prit.

— Je me fais l'effet d'être anormale, grotesque, commença-t-elle d'une voix rauque, entrecoupée de sanglots.

— Vous exagérez !

— Je dois sans doute être la seule femme de mon âge à être aussi inexpérimentée.

— Et alors ? Ce n'est pas un crime !

De sa main libre, Emily froissa avec frénésie son mouchoir.

— Mon existence est vide, sans intérêt. Je la gaspille inutilement. Jamais je... Oh, c'est affreux...

Comment aurait-elle pu expliquer à Adam qu'elle connaissait cependant déjà tout des affres de l'amour ? Elle se tut de peur de se trahir à nouveau.

— Votre vie est loin d'être terminée.

Emily se libéra de son étreinte, les yeux étincelants.

— Si rien ne m'est arrivé jusqu'à maintenant, pour quelle raison se passerait-il quelque chose après ? Je n'embellirai pas en vieillissant !

— Emily...

La jeune femme secoua la tête.

— Non, je vous en prie. Ne vous croyez pas obligé de dire que... Je me suis résignée depuis longtemps à l'idée d'être laide.

— Pour l'amour du ciel, cessez de vous rabaisser. Vous ne faites qu'accentuer vos complexes en réagissant ainsi.

Par sa profession, Adam avait l'habitude de parler à ses clients, de les aider à se battre pour solutionner leurs problèmes. Il se sentait cependant impuissant, pour l'heure, à réconforter la jeune femme. Une étrange émotion l'avait envahi.

Emily ne semblait pas l'avoir entendu. Elle eut soudain un petit rire désabusé.

— J'ai songé plus d'une fois à me rendre dans une agence matrimoniale mais n'en ai jamais eu le courage. J'ai tellement peur que personne ne veuille de moi... Ce serait la pire des humiliations !

— Ne faites surtout pas cela ! s'exclama Adam avec véhémence.

Emily haussa les épaules, l'air amer.

— Croyez-vous que j'ai le choix ? J'ai pensé également à demander à Jimmy Swale de...

— Jimmy Swale ?

Sans s'en rendre compte, Adam avait haussé la voix. Plusieurs personnes se tournèrent vers lui. Tout à son indignation, l'avocat ne s'en aperçut point.

— Jimmy Swale ? Mais c'est de la folie,

Emily ! Je ne connais pas de plus vil séducteur. Pourquoi lui ?

— Parce qu'il a justement la réputation de sortir avec n'importe qui.

— Jolie référence !

— Vous ne me comprenez pas, balbutia-t-elle, les yeux baissés. J'ai si peur d'être repoussée... Et puis, je veux simplement que... cela m'arrive, sans engagement ni problème d'aucune sorte.

— Eh bien, vous avez certainement trouvé la bonne personne, alors !

Une lueur de colère brilla dans ses yeux quand il reprit :

— Jimmy Swale ne vous apportera pas du tout l'expérience que vous souhaitez. Il ne pensera qu'à son propre plaisir, sans se préoccuper du vôtre. Emily, pourquoi ne pas vous adresser à quelqu'un qui vous estime, qui vous respecte ? Moi, par exemple.

Emily redressa rapidement la tête, l'air stupéfait. Avait-elle bien entendu ?

— Vous ? s'écria-t-elle impulsivement.

Adam se méprit sur le sens de son exclamation.

— Eh bien, oui. Ne suis-je donc pas un homme, moi aussi ? fit-il avec agacement.

La jeune femme ouvrit la bouche mais aucun son ne jaillit de sa gorge sèche. Son verre était vide. Sans hésiter, elle emprunta celui d'Adam. Le whisky la brûla ; elle fit la grimace.

— Pourquoi ? parvint-elle à chuchoter.

— Parce que je ne supporte pas l'idée de vous voir vous jeter dans les bras d'un individu tel que Jimmy Swale. Ce serait presque un viol.

Adam poussa un profond soupir.

— Une relation physique n'a vraiment de sens

pour moi que lorsqu'elle repose sur de réels sentiments... Enfin, nous nous connaissons depuis assez longtemps pour que cela marche entre nous.

Non, elle ne s'était pas trompée ! Adam Marshall proposait de lui faire l'amour ! Un délicieux frisson l'envahit, suivi aussitôt d'une profonde panique.

Comme Emily ne parlait toujours pas, Adam poursuivit :

— Maintenant, si vous préférez Jimmy Swale, cela vous regarde, mais je serais horriblement vexé.

Il leva un sourcil.

— Vous faut-il des références ?

Confuse, Emily s'empressa de répondre :

— Mais... notre travail... Que se passera-t-il après ?

Adam haussa les épaules.

— Il ne s'agirait que d'une seule fois, bien entendu. Nous sommes tous deux suffisamment adultes et responsables pour nous comporter par la suite comme il se doit. En ce qui me concerne, en tout cas, je peux vous assurer qu'il n'y aura aucune complication.

En serait-il de même pour elle ? pensa Emily, bouleversée.

Un flot de questions l'assaillit. Son manque de beauté, son inexpérience n'allaient-ils pas rebuter Adam ? Et elle ? Ne souffrirait-elle pas davantage, rendue à sa vie triste et morne, après avoir goûté aux délices de l'amour ?

En dépit de l'aspect peu romantique de cet « arrangement », malgré les éventuelles conséquences désastreuses, Emily sut qu'elle devait saisir cette opportunité. Un moment de bonheur lui serait au moins donné, qu'elle pourrait chérir et se rappeler ensuite à loisir.

— Alors ? reprit Adam.

La jeune femme déglutit avec effort.

— J'accepte, balbutia-t-elle.

Chapitre 3

Emily releva lentement la tête. Une soudaine agitation mêlée de crainte s'était emparée d'elle. Quand allaient-ils... ? Et où ? A l'hôtel ?

Un frisson la parcourut tout entière. Elle avait les mains glacées, les jambes en coton. Pourrait-elle seulement se lever de son siège ? C'était trop rapide, trop beau pour être vrai.

— Euh... maintenant ? risqua-t-elle d'une voix blanche.

Adam lui lança un regard stupéfait. Un tendre sourire vint bientôt éclairer son visage.

— Non, pas ce soir. Ce serait trop précipité, trop irréfléchi. Les deux semaines à venir vont être très chargées avec le procès. Disons tout de suite après la prononciation du jugement, d'accord ?

Emily acquiesça, soulagée. Cela lui laisserait le temps de vivre la scène en pensée, de la savourer à l'avance... d'y croire, tout simplement.

— Pour l'heure, nous ferions bien de nous remplir l'estomac, reprit Adam. Allons dîner au Twin Cities Club.

— Oh non, je ne peux pas, balbutia la jeune femme. Il faut que je rentre. Ma tante m'a probablement gardé mon souper au chaud.

Elle ne souhaitait surtout pas, en fait, lui

infliger sa présence dans un endroit si élégant. A coup sûr, elle lui ferait honte avec sa mine défaite, sa modeste toilette.

— Comme vous voudrez, se contenta de répondre l'avocat.

Il demanda la note à la serveuse et la chargea, par la même occasion, d'appeler un taxi.

— Un taxi ? s'étonna Emily. Pour quoi faire ? Le parking de la société est à deux pas.

— Vous n'êtes pas en état de conduire.

— Mais je ne suis pas ivre ! protesta-t-elle avec véhémence.

— Un peu trop bouleversée, en tout cas, pour prendre le volant. Votre voiture ne risque rien au garage. Et puis, si vous le désirez, je viendrai vous chercher dem...

Emily ne le laissa pas terminer.

— Non, non, ce n'est pas la peine. Ma mère me conduira au travail.

Adam lui tint le bras pour quitter le pub. Son geste n'avait sans doute comme seul objectif que de l'empêcher de trébucher, pensa Emily, confuse. Elle eut alors envie de se dégager de cette étreinte, pourtant si importante pour elle.

— Je n'ai bu que deux verres, reprit-elle, un peu agacée.

Les yeux de l'avocat brillèrent dans la nuit.

— Effectivement, mais peut-être vous les reprocherez-vous, demain. Peut-être regretterez-vous de m'avoir fait vos confidences, d'avoir accepté de...

Avec détermination, la jeune femme leva le menton.

— Je ne me dédirai pas.

Son courage l'abandonna cependant, et, détournant la tête, elle poursuivit d'une voix sourde, décousue :

— Je comprendrais fort bien, par contre, que vous ne... Euh, je... Ne vous croyez pas obligé de donner suite. Je n'en serais pas blessée.

Le taxi était arrivé. Sans paraître le noter, Adam força la jeune femme à le regarder droit dans les yeux.

— Emily, vous devriez pourtant savoir que je me tiens toujours à mes décisions, une fois que je les ai prises. Je voulais simplement vous laisser la possibilité de vous rétracter si...

— Je ne le souhaite pas, souffla-t-elle.

Adam lui sourit tendrement.

— Bon, eh bien, à demain.

Rapidement, il se dirigea vers le taxi et en ouvrit la porte arrière pour Emily. Comme elle s'asseyait, il tendit au chauffeur un billet froissé.

— Mademoiselle vous indiquera l'adresse, fit-il.

Il adressa un dernier regard à sa secrétaire. Seule, au milieu de la large banquette, elle semblait toute petite, un peu perdue.

— Bonsoir, chuchota-t-il.

— Bonsoir, Adam.

L'avocat attendit que le taxi démarre puis, les mains dans les poches, traversa lentement la rue pour rejoindre le Twin Cities Club. Une fois à l'intérieur, cependant, il s'aperçut qu'il n'avait nulle envie de dîner là. L'atmosphère feutrée du restaurant lui sembla étouffante, ce soir. Il ne se sentait pas d'humeur, de plus, à supporter les propos mondains des connaissances qu'il ne manquerait pas de rencontrer. On voyait toujours les mêmes, ici !

Il ressortit et acheta, en guise de souper, un sandwich dans une brasserie avant de se diriger, d'un bon pas, vers la société. Il mangerait en travaillant, comme il le faisait le plus souvent, depuis ces deux dernières années.

L'impression d'avoir oublié quelque chose l'assaillit soudain... Mais oui, son attaché-case ! Il avait dû rester dans la salle de repos. Il s'y rendit. Le café était passé depuis longtemps !

L'avocat secoua la tête, amusé. Quelle soirée ! Il ne s'attendait certes pas à cela en rentrant de Raleigh...

Une fois dans son bureau, le vague à l'âme l'envahit. Bien sûr, il n'était plus aussi poignant qu'au tout début, il restait présent, cependant. Arriverait-il à s'en défaire, un jour ?

Après le départ de Cassie, il avait passé plus d'une nuit, ici, à travailler jusqu'à ce que ses yeux se ferment de sommeil. Retrouver la maison vide, le lit froid, lui était tellement insupportable. Généralement, il se réveillait avant l'arrivée du personnel et faisait un saut chez lui pour se doucher et se changer, mais Emily, à une ou deux reprises, l'avait trouvé endormi dans son fauteuil.

Sans allumer, l'avocat alla se poster derrière la fenêtre. Il connaissait suffisamment les lieux pour s'y mouvoir dans l'ombre, sans problème. Les lumières de la ville clignotaient, scintillaient de toutes parts. La pleine lune ajoutait à ce spectacle féerique.

Est-il vrai que les gens se comportent de manière insensée durant cette période ? se demanda-t-il. Eh bien, j'en suis certainement la preuve vivante, ce soir !

Avait-il réellement passé une heure en compagnie de sa secrétaire à parler du vide de sa vie ? Il lui était encore plus difficile de croire qu'il avait proposé ses services pour combler les lacunes de la jeune femme dans le domaine amoureux...

Un tel comportement ne lui ressemblait guère. Il était plus à l'image de son frère, Taggart. En voilà, un séducteur! Taggart remplirait sans doute bien mieux que lui le rôle qu'il s'était assigné.

« Toi ? Commettre une telle folie ? C'est impossible, tu es trop sérieux pour cela », se serait esclaffée Cassie. Effectivement, rien ne pouvait être reproché à Adam. Fils de bonne famille, il avait brillamment réussi ses études et embrassé une carrière glorieuse. Profondément épris de sa femme — durant les huit années de son mariage, jamais il n'avait éprouvé le besoin de la tromper — il se comportait de son mieux en toute occasion, ne fuyant jamais ses responsabilités. Il parlait bien, présentait bien et était, sans conteste, le meilleur avocat de Caroline du Nord. Sa vie semblait donc toute tracée, sans surprise, exempte d'extravagances.

Et pourtant...

Il n'était plus le même depuis son divorce. Quelques années plus tôt, il aurait été consterné à l'idée de fréquenter une femme sans l'aimer. Le choc qu'il avait ressenti en apprenant que Cassie avait un amant lui avait fait cependant revoir ses belles théories.

Il s'était terré, au départ, tel un animal blessé, s'étourdissant dans le travail, refusant même de voir sa famille. Puis, comme s'il s'était habitué à sa douleur, il s'était mis à sortir à tort et à travers, multipliant les aventures sans lendemain. Il était devenu un véritable Jimmy Swale!

Bien vite, cependant, il s'était lassé de ces liaisons sordides, qui ne lui procuraient aucun réconfort, et sa vie sentimentale, depuis ces derniers mois, était très calme.

Toutes les personnes du sexe féminin se

valaient à ses yeux, maintenant. Alors, pourquoi pas Emily ? Au moins, après dix années de travail côte à côte, l'appréciait-il davantage que la plupart des femmes qu'il avait connues. Et puis, elle n'était pas aussi repoussante qu'elle voulait bien le dire.

En fait, il se devait de lui faire ce petit plaisir, pensa-t-il. Ce n'était qu'un juste retour des choses. Elle l'avait tant de fois aidé au plus fort de ses souffrances. Discrète, effacée, elle avait redoublé d'efficacité dans ses tâches, prenant même en charge les siennes. Jamais elle ne s'était offusquée de ses sautes d'humeur ou irritée de son inattention. Au contraire. Elle avait réparé les erreurs qu'il avait commises dans son état d'hébétude, écarté les visites et les communications téléphoniques intempestives.

Oui, comparé à ce qu'Emily avait fait pour lui, la faveur spéciale qu'il allait lui accorder était bien mince.

Adam revint lentement vers son bureau et s'assit dans son fauteuil de cuir. Comment allait-il s'y prendre ?

Pour sa première expérience dans ce domaine, il était important qu'Emily vive quelque chose d'agréable, d'heureux, même s'il ne saurait être question d'amour entre eux.

Où se rencontreraient-ils ? Adam rejeta aussitôt l'idée d'un hôtel. C'était trop impersonnel, trop froid. Chez elle ? Impossible avec sa mère et sa tante. Chez lui ? Non, cela n'allait pas non plus. Le mieux était qu'ils se retrouvent dans un cadre inhabituel.

Un sourire se dessina sur ses lèvres. Mais oui, bien sûr, comment n'y avait-il pas songé plus tôt ? Son chalet à la montagne constituait l'endroit idéal. Isolé, tranquille, il offrait un décor romantique tout à fait approprié à la circonstance. Avec le printemps, les paysages seraient splendides. Il ferait cependant assez frais pour supporter un feu à l'intérieur.

Adam se vit allongé devant la cheminée, tenant dans ses bras Emily. Cette image le troubla vivement.

Jamais il n'avait conduit une femme en ce lieu. Cassie n'aimait pas la nature et, plus tard, il n'avait pas voulu souiller cet endroit affectionné et respecté par l'intrusion de ses conquêtes d'un jour. Mais là, c'était différent, se persuada-t-il.

Ils pourraient passer tout le week-end ensemble, sans être dérangés. Emily n'aurait pas ainsi l'impression d'avoir été aimée à la sauvette.

Adam se renversa dans son siège. Demain, il appellerait sa femme de ménage pour que le chalet soit prêt à leur arrivée. Quelles provisions emmènerait-il ?

Il se surprit soudain à prendre plaisir à planifier cette sortie. Depuis quand n'avait-il pas connu un tel émoi ? Aussi étrange que cela pouvait paraître, il commençait réellement à se réjouir de la proposition inconsidérée qu'il avait faite à sa secrétaire...

Emily se réveilla en sursaut, le lendemain matin, la bouche pâteuse, les paupières lourdes. Une violente migraine lui martelait les tempes.

Il était tard, déjà. Elle s'habilla à la va-vite, s'attardant cependant un moment à se regarder dans la glace. Comment Adam avait-il pu offrir de lui faire l'amour ? N'avait-elle pas plutôt rêvé ? Elle était si laide, si insignifiante.

Pendant le petit déjeuner, sa mère, excitée, la pressa de questions sur sa sortie de la veille.

Tante Rosemary, quant à elle, lui lança bon nombre de regards soupçonneux.

Eh bien, oui, elle était rentrée tard. En taxi, de surcroît. Il était grand temps que sa tante voie en elle une adulte responsable, capable de mener sa vie à sa guise, sans rendre de comptes à personne, pensa Emily, irritée. Que d'histoires pour un verre d'alcool ! Si elle savait que sa nièce allait passer une nuit avec un homme !

Eh... doucement ! Adam n'avait rien proposé de tel. Sans doute sa contribution se limiterait-elle à un bref rapport. Peut-être, même, n'en aurait-il plus du tout l'intention, ce matin, une fois reconsidérée l'affaire.

Lui aussi avait passablement bu, hier soir, se rappela la jeune femme. L'alcool aidant, il s'était ému de sa détresse et lui avait offert, par pure compassion, de la secourir. Mais l'esprit dispos, il ne pourrait que changer d'avis. Pour quelle raison, en effet, se montrerait-il si généreux ? Inutile de nourrir des espoirs insensés...

Sa mère la conduisit au travail. Au fur et à mesure qu'elle approchait de la société, Emily sentit son angoisse augmenter. Revoir Adam lui semblait une épreuve insurmontable. Oh ! Pourquoi lui avait-elle avoué ses honteux secrets ? Son humiliation serait encore bien plus grande lorsque l'avocat l'appellerait dans son bureau pour lui expliquer — très gentiment, bien sûr — que le projet extravagant qu'il avait conçu la veille ne pouvait aboutir. Il lui faudrait alors sourire, faire comme si elle n'en était pas affectée outre mesure, comme si elle n'y avait jamais cru très sérieusement... Serait-elle capable de jouer la comédie, le cœur brisé ?

Elle fut soulagée, en arrivant, de constater qu'Adam n'était pas là. Elle le fut encore plus en notant sur son agenda qu'il avait un rendez-vous à l'extérieur. Avec un peu de chance, elle ne le verrait pas de la matinée.

Tant bien que mal, elle parvint à se plonger dans ses dossiers. Elle tapait consciencieusement du courrier, deux heures plus tard, quand un petit coup sec sur le mur la fit sursauter. Elle leva brusquement la tête.

— Adam !

Son cœur se mit à battre la chamade.

— Vous m'avez fait peur, bredouilla-t-elle. Je ne vous avais pas entendu entrer.

— Votre pouvoir de concentration est vraiment énorme. C'est sans doute pour cette raison que tout le monde essaie de vous arracher à moi.

— Pardon ?

— Certains avocats de la société m'ont déjà suggéré à plusieurs reprises de faire du secrétariat un personnel tournant.

— Oh !

— Ne vous inquiétez pas. Je ne suis pas prêt de me séparer de vous.

La lueur malicieuse qui brillait dans les yeux d'Adam disparut. Il reprit, l'air gêné :

— Euh... voulez-vous venir un instant dans mon bureau ? Je souhaiterais m'entretenir de quelque chose avec vous.

Emily se força à sourire.

— Bien sûr, murmura-t-elle, la mort dans l'âme.

Voilà, ses craintes se réalisaient. Adam allait lui faire part de son désaveu.

Les jambes flageolantes, elle suivit l'avocat dans son cabinet. Il ferma la porte derrière elle.

Pour se donner une contenance, la jeune femme s'absorba dans la contemplation d'une gravure qui ornementait l'un des murs. Elle la connaissait pourtant dans les moindres détails !

Adam, de son côté, ne savait comment entamer la discussion. Après son rendez-vous, ce matin, il s'était senti nerveux à l'idée de retrouver Emily. Peut-être était-elle horrifiée au souvenir de leur soirée, de leur conversation ? Peut-être allait-elle revenir sur sa décision ?

Ce serait sans doute préférable, pensa-t-il. Lui-même, au réveil, avait formulé quelques réserves sur ce projet insensé. Il ne se cachait pas, cependant, qu'il serait très déçu s'il ne se concrétisait pas. N'avait-il pas déjà appelé sa femme de ménage avant de partir de chez lui ?

A son arrivée au bureau, cependant, la vue d'Emily plongée, comme à l'accoutumée, dans son travail, l'avait quelque peu refroidi. L'attitude de sa secrétaire ne différait en rien de celle des autres jours.

Leur rencontre de la veille avait-elle réellement eu lieu ?

Pour gagner du temps, il lui avait demandé de venir dans son cabinet, mais comment commencer, à présent ?

Il resta debout, légèrement appuyé contre son bureau, les bras croisés. S'asseoir, comme d'habitude, dans son fauteuil, aurait paru trop conventionnel. Et ce n'était pas en tant qu'employeur qu'il avait à s'exprimer...

Il leva les yeux vers la jeune femme. Toujours plantée devant le tableau, elle lui offrait son profil. Elle avait de jolies jambes, nota-t-il, et semblait svelte dans son vêtement ample. Pourquoi n'avait-il jamais fait attention à sa silhouette auparavant ?

— Euh... j'ai pensé à quelque chose, hier soir, en revenant ici, débuta-t-il.

Emily ne se retourna pas. Il la vit se mordre les lèvres.

— Je...

Il s'éclaircit la gorge pour poursuivre, mais en vain. Quel idiot il faisait ! Il fixait sa secrétaire comme s'il ne l'avait jamais vue, jamais regardée depuis dix années qu'elle travaillait pour lui.

Ce n'était pas si faux, en fait. Connaissait-il seulement la couleur de ses yeux ? Il était impardonnable.

Emily, les nerfs à vif, ne supporta bientôt pas davantage les hésitations et les silences de l'avocat.

— Ne vous mettez pas en peine pour chercher une excuse, s'écria-t-elle.

Surpris, Adam fronça les sourcils. La jeune femme continua avant qu'il n'ait eu le temps de s'interposer.

— Vous souhaitez revenir sur ce qui a été décidé hier soir, n'est-ce pas ? Je comprends. Je... Nous avions probablement un peu trop bu, tous les deux, au pub.

Adam s'avança vers elle.

— Que voulez-vous dire ?

— Que je ne serai ni étonnée ni offensée de vous entendre reprendre votre parole.

— Jamais de la vie ! s'exclama Adam.

Stupéfaite, Emily se retourna brusquement, le fixant droit dans les yeux.

— Est-ce... vrai ?

L'avocat acquiesça d'un signe de tête.

— Et vous ? Ne regrettez-vous pas d'avoir accepté, à présent ?

— Non, murmura-t-elle.

Une joie intense lui dilata le cœur. Elle baissa

vivement les yeux de peur qu'Adam n'y lise la nature des sentiments qu'elle lui portait.

— Bon, eh bien, je...

Adam s'arrêta. Comment nommer le contrat qu'ils avaient mutuellement passé ?

Il se mit à rire doucement.

— Ce genre de situation m'est si peu habituel que je ne trouve pas les mots pour en parler, fit-il, l'air amusé.

Emily lui rendit son sourire, trop bouleversée pour répondre quoi que ce soit.

— J'avais pensé que nous pourrions aller passer un week-end dans mon chalet, à la montagne, reprit l'avocat. Qu'en dites-vous ?

Un week-end entier avec lui ? C'était inoui, fantastique ! Cela dépassait toutes ses espérances, même ses rêves les plus fous !

— C'est très bien, s'efforça-t-elle de murmurer posément.

Adam fut un peu déçu par son manque d'enthousiasme. S'était-il réjoui à tort de cet événement ? Peut-être Emily ne voyait-elle dans cette affaire qu'une simple expérience, qu'un moyen de devenir une femme à part entière.

Il nota cependant la roseur de ses joues et l'éclat inhabituel de son regard. Traduisait-elle ainsi sa joie ? Elle était si peu expansive.

— Nous pourrions nous retrouver le samedi qui suit la fin du procès, poursuivit-il pour masquer son embarras, pas celui qui vient, mais l'autre.

Emily acquiesça d'un signe de tête.

— Très bien, chuchota-t-elle à nouveau.

Devant le calme et la réserve dont elle faisait preuve, Adam se sentit incapable de lui parler plus avant des projets qu'il avait conçus pour ces deux jours.

Un long silence s'installa entre eux. Plus gêné que jamais, l'avocat alla reprendre sa place habituelle dans son fauteuil et demanda :

— Y a-t-il eu des messages pour moi, ce matin ?

Emily, d'un geste, désigna les feuillets roses éparpillés sur la table.

Une fois dans sa pièce, elle s'empressa de s'asseoir. Comment avait-elle pu rester debout, jusque-là, avec ses jambes tremblantes, son cœur battant la chamade ? Comment avait-elle pu également cacher si longtemps sa joie ? Elle avait envie de rire, de chanter, de danser.

Adam ne s'était pas dédit ! Il lui consacrait même deux jours entiers. C'était incroyable, prodigieux, inespéré !

Emily fut chez elle avant 17 h 30, ce soir-là. C'était bien la première fois, en dix ans, qu'elle quittait le bureau si tôt, mais depuis qu'elle avait eu la confirmation de son... de sa rencontre avec Adam, elle ne tenait plus en place.

Mille questions la tourmentaient. Qu'allait-elle mettre, par exemple, lors de ce week-end ?

Cette pensée en tête, elle se précipita dans sa chambre à coucher à peine descendue de voiture.

Hélas, il ne lui fallut pas longtemps pour constater qu'elle n'avait aucune tenue appropriée. Sa garde-robe était composée, pour la plupart, de tailleurs stricts, de jupes et de chemisiers classiques, pour le travail. Quant aux vêtements qu'elle portait en fin de semaine, pour rester chez elle, ils étaient encore moins adéquats. C'était de vieux jeans délavés, des sweatshirts défraîchis, des pull-overs à cols roulés. Rien de bien seyant, donc.

Evidemment, l'arrangement qu'elle avait conclu avec Adam n'était pas romantique, mais devait-elle s'abstenir, pour autant, de tout effort ? Au contraire. Il lui fallait rendre... la tâche moins pénible à Adam. Il ne l'aimait pas, se rappela-t-elle amèrement ; il ne lui avait fait cette proposition que pour l'aider, par pure sollicitude. Aussi se devait-elle de paraître le plus séduisante possible pour que l'avocat répugne un peu moins à la serrer dans ses bras.

Mais pas question pour autant de changer de personnalité, de vouloir être sexy à tout prix. Non, ce serait ridicule, grotesque. Quelque chose d'élégant, toutefois simple et décontracté, voilà ce qu'il lui fallait... quelque chose qui l'avantagerait...

Emily fronça les sourcils. Elle n'avait rien de tout cela !

Elle releva soudain la tête, radieuse.

Jeannette ! Sa cousine avait pratiquement la même taille qu'elle, la même couleur de cheveux. Elle ne ferait aucune difficulté pour lui prêter des vêtements. Bien au contraire. N'avait-elle pas tenté, à plusieurs reprises, de lui faire porter autre chose que ses éternels tailleurs sombres ?

Evidemment, certaines de ses tenues étaient parfois extravagantes mais...

Sans réfléchir davantage, Emily attrapa son sac et se rua hors de sa chambre, laissant sa penderie grande ouverte. Deux secondes plus tard, elle reprenait le volant de sa voiture.

Par chance, sa mère et sa tante n'étaient pas là pour la harceler de questions.

Jeannette fut pour le moins surprise de la voir arriver. Elle-même venait de rentrer du travail.

— Emily ! C'est bien toi ? Je n'en crois pas mes yeux.

La jeune femme, familière des lieux, pénétra

sans façon dans l'appartement et prit place sur un sofa.

— Veux-tu boire quelque chose ? proposa Jeannette.

— Non, merci.

— Alors, quel bon vent t'amène ? Et si tôt !

Ce disant, elle jeta un coup d'œil amusé à sa montre.

Emily haussa les épaules.

— Eh oui, une fois n'est pas coutume. J'ai quelque chose à te demander, fit-elle, en allant droit au but.

— Tout ce que tu voudras.

— Peux-tu me prêter un pantalon ou deux ?

Jeannette la dévisagea, stupéfaite.

— Tu plaisantes ?

Devant l'air sérieux de sa cousine, elle reprit :

— Mais bien sûr ! Depuis le temps que j'essaie de te persuader de changer de style !

Elle sauta sur ses pieds.

— Allez, viens, inspectons ma penderie.

Contrairement à celle d'Emily, l'armoire de Jeannette était pleine à craquer. Jeannette avait la passion des vêtements et son métier — elle était acheteuse pour un magasin de prêt-à-porter — lui permettait facilement de la satisfaire.

— Alors, quelle sorte de toilette désires-tu ?

— Euh, quelque chose de décontracté. Un jean et un corsage, tout simplement, mais pas comme ceux que je mets habituellement... Quelque chose de plus...

— Séduisant ?

— Voilà.

Jeannette commença à écarter les cintres sur la tringle de la penderie.

— Pour quelle occasion ?

— Un week-end à la montagne.

— Oh !

La curiosité de sa cousine fut piquée au vif. Elle se tourna vers Emily, les yeux brillant d'excitation.

— Avec un homme ?

Un peu agacée, Emily hocha la tête. Elle aurait dû se douter, pourtant, que Jeannette lui poserait des questions.

— Est-ce que je le connais ?

La jeune femme hésita. Bien sûr, Jeannette n'ignorait pas ses sentiments pour Adam, mais ne se méprendrait-elle pas sur le sens de cette... rencontre ?

— Raconte-moi, insista sa cousine.

— Je pars avec Adam Marshall, mais ce n'est pas du tout ce que tu crois, s'empressa-t-elle de préciser.

— Adam Marshall ! Comment cela « ce n'est pas du tout ce que je crois »... Ah non, ne me dis pas qu'il s'agit d'un week-end de travail !

Jeannette prit sa cousine par le poignet et la fit asseoir en face d'elle, sur le lit. Les jambes en tailleur, les coudes sur les genoux, elle s'exclama, impatiente :

— Allez, avoue tout, maintenant.

Emily sourit.

— Cela me rappelle quand nous avions dix ans.

— Oui, sauf que les secrets que nous nous confessions alors étaient moins palpitants. Je t'en prie, ne me fais pas languir plus longtemps.

— Ce n'est pas... Nous sommes... Euh, c'est très étrange.

— En tout cas, un miracle s'est opéré. Hier, je te trouve en train de broyer du noir à cause de tes trente ans et aujourd'hui, tu me parles d'une sortie avec l'homme de ton cœur !

— Les deux événements sont justement liés. C'est vrai, j'étais très déprimée, hier, et ma mère m'a donné le coup de grâce en me téléphonant pour m'apprendre le mariage de Sherry Pike.

— Sherry Pike se marie ? Incroyable !

— N'est-ce pas ? Cette nouvelle m'a anéantie. J'ai craqué.

— Et alors ?

— Adam m'a surprise dans mon bureau en train de pleurer toutes les larmes de mon corps. Gentil comme il l'est toujours, il a tenu à m'emmener prendre un verre pour me réconforter.

— Je devine la suite.

Emily rougit. Comment expliquer à Jeannette l'espèce de contrat qu'ils avaient mutuellement passé ?

— Eh bien, je... Je n'aurais pas dû boire d'alcool, je crois. Adam m'a pressée de lui dire ce qui n'allait pas et je lui ai tout avoué : que je me désespérais d'avoir trente ans et de ne rien connaître encore de la vie, de l'amour...

Elle lança un regard furtif à sa cousine. Cette dernière l'encouragea à poursuivre.

— Alors, il m'a offert de...

— T'initier ?

— En quelque sorte. C'est pourquoi, nous allons passer un week-end ensemble, à la montagne, dans son chalet.

— Mais c'est merveilleux !

— Tu trouves ? C'est si peu romantique !

— Pas romantique ! Tu es incroyable, Emily. Comment nommer autrement un tel événement : deux jours entiers avec l'homme que tu aimes. C'est fantastique, non ?

— Il ne s'intéresse pas à moi.

— Qu'en sais-tu ?

— C'est simplement une faveur qu'il m'accorde.

Jeannette haussa les épaules.

— Pas trop désagréable pour lui, non ? Je connais beaucoup d'hommes qui font preuve de ce genre de générosité.

— Non, tu te trompes à son sujet. Il n'éprouve pour moi aucune attirance. S'il y consent, c'est... uniquement par...

— Pitié ? Je ne savais pas qu'Adam Marshall avait un tel sens du sacrifice !

— Jeannette !

— Ne me jette pas ce regard noir. J'essaie simplement de te dessiller les yeux. Aucun homme ne t'aimera seulement par compassion, Emily. S'il le fait, c'est qu'il ressent, à quelque niveau que ce soit, de l'intérêt pour toi.

Comme sa cousine protestait, Jeannette poursuivit :

— Même s'il n'en a pas conscience lui-même.

— Tu crois ? fit Emily d'un air sceptique.

— Ce qui est certain, en tout cas, c'est que ton avocat t'apprécie, qu'il a avec toi des affinités, ne serait-ce que par le travail.

— Sois réaliste, Jeannette. Comment veux-tu qu'un tel homme...

— Dans tout rêve, il y a une part de vérité, la coupa sa cousine. Quant à moi, je suis sûre que ton Adam Marshall n'est pas aussi indifférent que tu le penses.

Emily, les yeux étincelants, s'écria :

— Non, c'est faux. Tu te trompes !

— Emily, cesse de partir toujours battue. Prends donc les choses comme elles viennent. Pendant deux jours, tu seras seule avec Adam, dans un cadre enchanteur. Partager un tel moment avec lui changera sans aucun doute quelque chose dans votre relation. A toi de faire qu'elle se modifie à ton avantage. Montre-lui combien séduisante tu peux être.

— Et comment cela ? gémit Emily.

— Tu as déjà commencé en te préoccupant de ta tenue. Pourquoi ne pas te débarrasser maintenant de ces horribles lunettes ? Tes yeux sont si jolis. Je t'apprendrai à te maquiller.

— Mais...

— Mais quoi ? Tu es majeure, non ? Personne ne peut plus t'empêcher de porter des verres de contact, maintenant.

Que de crises de larmes et de colères elle avait eues, se souvint Emily, devant le refus de sa tante d'accéder à son désir. Pour Rosemary, un tel achat était dispendieux, frivole, inutile.

— C'est vrai, mais je me suis habituée à mes lunettes, à présent. Je me sentirais étrangère à moi-même, sans.

— Je te reconnais bien là. Quand oseras-tu enfin te montrer, t'affirmer ? Quand cesseras-tu de te cacher derrière des vêtements tristes et conventionnels, comme si tu avais peur que l'on te trouve désirable !

Emily fronça les sourcils.

— Ce n'est pas...

— Ah non, ne me dis pas que c'est par souci d'économie. Depuis le temps que tu travailles, tu dois avoir de quoi !

— Oui, là n'est pas le problème.

— Alors, qu'est-ce qui te retient ?

Effectivement, pensa Emily. Adam la préférerait certainement sans ses lunettes. Quand il l'embrasserait — une vague de chaleur l'envahit à cette idée — il ne serait pas gêné par leur monture. Et l'incommoder le moins possible était ce qu'elle désirait le plus au monde.

— Tu as peut-être raison, commença-t-elle. Demain, je prendrai rendez-vous chez un ophtalmologue.

— Hourra ! s'écria Jeannette.

Elle reprit, enthousiaste :

— Bon, maintenant, tes cheveux. Tu serais bien plus jolie s'ils étaient plus courts, coupés en dégradés. Cela t'arrondirait le visage. Et puis, des mèches les rendraient plus brillants.

Emily secoua la tête avec détermination.

— Ah non, pas cela.

— Pourquoi pas ?

— Non, je ne veux pas avoir l'air de... séduire Adam. Je ne veux pas qu'il croit que je cherche à le retenir.

— Quel homme pourrait te reprocher de paraître à ton avantage ?

— Non, je me sentirais ridicule.

— Ne dis pas de bêtise.

— N'insiste pas. Se teindre les cheveux me semble si vulgaire. C'est sans doute à cause de ma mère que cela me répugne.

Jeannette haussa les épaules.

— Il y a coloration et coloration ! Bon, n'en parlons plus, reprit-elle, un large sourire aux lèvres. Pas trop de changements à la fois. Allez, viens, retournons voir les vêtements.

Elle sauta à bas du lit.

— Un avocat que je ne nommerai pas, va être stupéfait de ta métamorphose !

Chapitre 4

Jeannette entassa pêle-mêle sur le lit des pantalons et des hauts assortis dans des coloris pastel si jolis qu'Emily ne put résister.

Elle sélectionna un sweat-shirt parme.

— Oh ! Jeannette ! C'est merveilleux. Mais est-ce que tu crois que cette couleur...

Sa voix s'étrangla. Sa cousine, avec un soupir, plaça le vêtement devant elle et l'obligea à se regarder dans la glace.

— Cette teinte te va à ravir. Je ne comprends pas pourquoi tu persistes à porter du marron ou du beige. C'est si triste, si terne. Et puis, gai n'a jamais été synonyme de vulgaire, tu sais.

Elle échangea le tricot mauve contre un autre plus épais, dans les tons rose indien.

Emily sourit. Effectivement, le coloris n'avait rien de criard. Il lui avivait simplement le teint, la rajeunissait.

— Bon, tu prends ces deux-là, décréta Jeannette. Maintenant, essaie ces jeans. Tu ferais peut-être bien, également, de prévoir quelque chose de plus léger s'il fait beau.

Les toilettes continuèrent à s'empiler sur le lit. Emily dut bientôt mettre le holà.

— Jeannette, je ne pars que deux jours, je te le rappelle.

Sa cousine plissa le front.

— Ah oui ! Bon, je crois que cela suffit, alors. Voyons quelques robes, à présent.

— Des robes ? Mais pour quoi faire ? Je n'en mettrai pas à la montagne.

— Peut-être, mais tu as, d'ici-là, deux semaines à passer.

Elle sortit de la penderie un magnifique ensemble turquoise.

— Regarde ! Ce serait parfait pour le bureau, non ?

— Il n'est pas question que je t'emprunte des vêtements pour le travail. Tout ce que je souhaite, c'est paraître à mon avantage lors de mon week-end avec Adam pour ne pas trop le rebuter. Si je me mets en frais avant, il va se figurer que je cherche à le séduire, que j'espère obtenir plus que ce qu'il m'a gentiment proposé.

— Je ne suis pas de ton avis ! Je pense, au contraire, qu'il serait ravi d'avoir une secrétaire plus coquette.

— Non, c'est non. N'insiste pas.

Jeannette dépendit alors d'un cintre une jupe noire sobre mais de coupe originale qui se portait avec un fin pull-over pailleté, assez décolleté. C'était chic, élégant, sans toutefois être sophistiqué. Elle brandit la toilette devant Emily pour la tenter.

— Pourquoi ne l'essaierais-tu pas ?

— C'est très beau, murmura la jeune femme, le souffle coupé.

Elle tendit la main pour toucher l'étoffe puis secoua la tête énergiquement.

— Non, je n'ai aucune raison de la prendre. Pour le chalet, je n'ai pas besoin d'avoir une tenue habillée. Quant au bureau... Non, ce n'est pas possible, ce serait déplacé.

Avec un soupir, Jeannette rangea l'ensemble dans la penderie.

— Bon, comme tu voudras.

Emily avait commencé à rassembler les affaires qu'elle avait choisies.

— Je ne sais comment te remercier, Jeannette. C'est si gentil à toi de m'aider.

— Attends, ce n'est pas fini. Il te faut des chaussures.

— Mais j'en ai !

— Elles n'iront pas forcément avec ce que tu vas mettre.

Sans hésiter, Jeannette prit dans un meuble des sandales cyclamen à talons plats ainsi qu'une paire de ballerines en cuir, noires.

— Aux bijoux, maintenant.

— Des bijoux ? Avec un jean ?

— Bien sûr.

D'un coffret verni, Jeannette sortit des colliers et des clips nacrés, de formes amusantes mais discrètes, tout à fait dans le ton des tricots retenus.

Emily dut reconnaître que ces colifichets étaient ravissants, même sur elle. Pour faire plaisir à sa cousine, elle accepta encore une ceinture tressée parme ainsi qu'un carré de soie fuchsia.

Après avoir inspecté l'ensemble de ce qu'Emily allait emporter, Jeannette se tourna soudain vers la jeune femme, l'air grave.

— Promets-moi quelque chose, Emily.

— Oui ?

— Que tu t'achèteras toi-même de la lingerie fine.

Emily tressaillit. Elle n'avait pas pensé à cela ! Pourtant, étant donné la circonstance, des sous-vêtements seraient aussi importants que le reste, peut-être même plus.

— D'accord, fit-elle simplement.

— De la soie, de la dentelle, enfin quelque chose de séduisant, de romantique, de féminin, insista Jeannette.

Emily se mit à rire.

— Compte sur moi.

Radieuse, Jeannette l'étreignit dans ses bras.

— Je suis si heureuse pour toi.

— Merci, murmura Emily, les larmes aux yeux.

Le lendemain, Emily se rendit dans un centre d'adaptation de verres de contact. On lui assura que sa myopie serait parfaitement corrigée par des lentilles et que ces dernières seraient prêtes à la fin de la semaine. Très bien, pensa la jeune femme. J'aurai ainsi le temps de m'y habituer avant mon week-end avec Adam.

Les jours qui suivirent s'écoulèrent lentement, sans autre changement. Adam, en plein procès, était le plus souvent absent. Emily ne le voyait que tard dans l'après-midi ou le soir s'il lui demandait de rester pour préparer sa séance du lendemain.

Totalement plongé dans cette affaire, il ne parlait pratiquement de rien d'autre, pas de leur future rencontre, en tout cas. Mais pourquoi l'aurait-il fait ? Cet événement ne revêtait pour lui aucune importance particulière. En fait, son attitude était tellement identique à celle qu'il avait toujours adoptée avec elle qu'Emily se demandait parfois s'il n'avait pas oublié sa proposition.

L'incertitude, l'impatience, l'appréhension, tous ces sentiments qui la traversaient successivement, imprimaient à son moral le tracé des montagnes russes. Elle passait, sans transition, de l'agitation la plus intense au désespoir le plus sombre. Les mêmes pensées, les mêmes images occupaient inlassablement son esprit.

Elle se voyait assise en voiture, aux côtés d'Adam, roulant vers le chalet; elle s'imaginait en train de marcher avec lui sous les sapins, de pique-niquer sur l'herbe. Quand elle arrivait à la phase à la fois tant attendue et redoutée, sa vision se faisait moins nette, cependant. Adam la caressait-il? Ses doigts parcourraient-ils sensuellement tout son corps? L'embrasserait-il?

A cette idée, des ondes de bonheur la traversaient. Elle en perdait le boire et le manger et avait toutes les peines du monde à se concentrer sur son travail.

Malgré tout, le temps passait. Elle reçut ses lentilles de contact qu'elle mit d'abord chez elle, lors du premier week-end, puis, progressivement au bureau.

Elle avait résisté à la tentation de prendre des verres teintés. Avoir l'iris bleu ou vert était en effet son rêve depuis toujours. Le gris était tellement commun! Pourtant, ses yeux, libérés de leur écran, semblaient plus grands, plus brillants, plus expressifs. Emily n'eut de cesse, au début, de se regarder dans la glace pour le vérifier et s'habituer à sa nouvelle physionomie.

Etait-ce bien elle? Son embellissement était-il réel ou n'était-il que le produit de son imagination? Adam n'avait même pas noté qu'elle ne portait plus de lunettes!

Un soir, après le travail, elle se rendit dans un magasin de lingerie pour s'acheter des sous-vêtements et un peignoir. C'était le genre d'emplette qui l'avait toujours exaspérée, intimidée, même. Stupidement, elle se tenait le raisonnement suivant : seules les femmes belles et sensuelles pouvaient se permettre ces articles affriolants. Aussi ne s'était-elle jamais risquée, de peur du ridicule, à en acquérir dans des maisons spécialisées, préférant de beaucoup l'anonymat et les modèles standard des grandes surfaces. De toute manière, ses dessous n'avaient jamais présenté pour elle une importance capitale.

Mais tout était différent, cette fois. Un homme, et lequel ! la regarderait se dévêtir. Sûre d'elle donc, car motivée, Emily acheta de merveilleux sous-vêtements satinés, bordés de dentelles, romantiques à souhait, comme le lui avait conseillé Jeannette.

Il lui restait cependant encore une emplette à faire et ô combien plus redoutée : un contraceptif !

Un drugstore se trouvait sur la route, à mi-chemin entre le bureau et sa maison. Le premier soir, elle ne s'arrêta pas, se promettant de revenir le lendemain. Le lendemain, elle feignit d'avoir oublié. Le troisième jour, cependant, elle s'obligea à entrer dans le magasin.

Après avoir erré quelques instants dans les allées, elle se dirigea vers le fameux rayon. Il était situé terriblement près de la caisse centrale. Quatre personnes attendaient pour payer.

Emily battit en retraite vers les cosmétiques. C'est stupide, pensa-t-elle. J'ai trente ans et suis une adulte responsable. Qui me connaît ici ? Personne. Et puis, les femmes achètent couramment ce genre d'articles, maintenant.

Que n'avait-elle cependant une alliance au doigt ! se désespéra-t-elle. La caissière se demanderait sûrement ce qu'un laideron de sa sorte allait bien pouvoir faire d'un tel produit. De toute manière, elle avait peu de chance de tomber enceinte en un week-end...

Sa lâcheté l'exaspéra.

Ah non ! Tu ne vas pas reculer maintenant, se réprimanda-t-elle.

Elle s'était lancé comme un défi et devait donc surmonter l'obstacle qu'elle s'était imposé sous peine de se mépriser à jamais.

Les jambes tremblantes, elle s'approcha du rayon tabou. Là, une deuxième difficulté l'attendait : le choix d'une méthode. Jamais elle n'aurait pensé qu'il y eût dans ce domaine une telle variété !

Essayant de s'abstraire de son entourage, elle sélectionna une boîte et lut les instructions.

Oh ! Là, Là ! C'était horriblement compliqué et surtout si peu romantique. Elle s'imaginait mal, en effet, dire à Adam, au beau milieu d'une étreinte : « Excusez-moi, je dois aller dans la salle de bains... »

Ce fut pour elle un soulagement de trouver enfin un contraceptif qui pouvait se mettre en place dès le matin et être oublié ensuite.

Voilà, il ne lui restait plus qu'à l'acheter. Les doigts serrés sur la boîte, elle jeta un coup d'œil furtif vers la caisse. Il y avait encore là trois personnes !

Peut-être que mon emplette passera plus inaperçue si je la groupe avec d'autres produits, pensa la jeune femme.

Elle prit, au hasard des rayons, une bouteille de shampooing et un paquet de coton et se dirigea vers la caisse. Quand son tour arriva, elle sentit ses joues s'empourprer et fouilla nerveusement dans son portefeuille pour éviter le regard de l'employée.

Cette dernière, qui mastiquait avec inélégance

un chewing-gum, encaissa ses articles avec une totale indifférence.

Emily les enfouit prestement dans son sac. Ouf ! Cela n'avait pas été sans mal mais elle avait réussi une action qu'elle n'aurait pas seulement envisagée quelque temps plus tôt.

Le cœur léger, elle rentra chez elle.

La dernière audience du procès eut lieu le mardi. Adam revint au bureau, en fin d'après-midi, abattu et las. Une grosse ride barrait son front. Il passa le reste de la journée à essayer de rattraper son retard dans les autres dossiers mais ne demanda pas à Emily de l'aider. La jeune femme ne s'attarda donc pas.

Le lendemain matin, l'avocat ne fit qu'entrer et sortir de son cabinet, l'air préoccupé et absent. On était pourtant à trois jours du week-end mais il n'en parlait toujours pas... Dès 14 heures, il se rendit au tribunal pour attendre le verdict.

Emily était impatiente, elle aussi, de connaître l'issue de cette affaire, mais pour un tout autre motif. Si Adam perdait son procès, leur rencontre n'allait-elle pas en être affectée ?

Comme elle tapait du courrier, plus tard dans l'après-midi, un homme grand, aux cheveux ébouriffés et aux magnifiques yeux bleus, fit irruption dans son bureau.

— Taggart ! s'exclama-t-elle, ravie.

Taggart Marshall était le genre de personne devant laquelle on souriait toujours spontanément. Il était si beau !

— Bonjour ! Comment va ?

— Très bien, je vous remercie. Et vous-même ?

En guise de réponse, le jeune homme haussa les épaules et s'affala sur une chaise.

— Je suppose que le chef n'est pas là ?

Emily fit pivoter son siège dactylo pour discuter plus facilement. De toute manière, avec Taggart dans la pièce, il était illusoire d'espérer continuer à travailler.

— Il est au tribunal ; il attend la prononciation d'un jugement.

— Aie ! Et cela va être long ?

— Je ne peux pas vous dire. Il peut être ici dans un quart d'heure comme dans trois heures.

Taggart grimaça à nouveau.

— Avez-vous encore des problèmes ? s'enquit Emily.

Le jeune homme fit mine d'être profondément vexé.

— Je vois, vous avez une haute opinion de moi...

Emily rit gentiment. Si Adam était le fils modèle de la famille Marshall, Taggart, son plus jeune frère, était la parfaite brebis galeuse. James, qui venait entre les deux, avait déçu ses parents en ne rejoignant pas la société familiale, une fois ses études de droit terminées. Mais du moins était-il, comme tout Marshall qui se respecte, ambitieux, combatif et prospère dans ses affaires.

Taggart n'était rien de tout cela. Il avait interrompu ses études juridiques dès la première année, en plein milieu d'un trimestre et avait eu, de plus, l'outrecuidance de refuser les bons emplois que sa famille, au désespoir, lui avait proposés.

S'amuser, profiter de la vie, semblait être sa seule aspiration. Il était écervelé, extravagant mais si séduisant ! Bien sûr, Emily ne ressentait pour lui rien de comparable à ce qu'elle éprouvait pour Adam, mais elle appréciait sa compagnie.

Taggart la dévisagea soudain plus attentivement.

— Vous ne portez plus de lunettes ! s'exclama-t-il.

La jeune femme secoua la tête. Enfin, quelqu'un qui le remarquait !

— J'ai des verres de contact.

— Vous êtes bien mieux ainsi. Pourquoi cachiez-vous ces jolis yeux ?

On entendit alors dans le couloir un bruit de pas précipités. Emily et Taggart n'eurent que le temps d'échanger un regard étonné. Adam surgissait dans la pièce, les yeux étincelants, les cheveux en bataille. Un large sourire illuminait son visage.

— Oh ! Taggart, tu es là !

Sans attendre, il se tourna vers Emily. Cette dernière, gagnée par son enthousiasme, s'était mise debout.

— Emily, nous sommes vainqueurs ! Quatre cent mille dollars de dommages et intérêts. Exactement la somme que j'avais demandée !

— C'est merveilleux, balbutia la jeune femme.

A sa grande surprise, Adam s'approcha d'elle et, la prenant par la taille, la fit tournoyer.

— Merveilleux ? Incroyable, oui. Je ne pensais avoir aucune chance avec ce jury.

Avant de la reposer à terre, il lui planta sur les lèvres un solide baiser.

— Il faut fêter cela, reprit-il. Cela te dit, Taggart ?

— Moi, je suis toujours partant pour ce genre de choses, répondit son frère avec désinvolture.

— Vous venez aussi, Emily, n'est-ce pas ?

poursuivit l'avocat. Mes clients ne vont pas tarder à nous rejoindre.

Habituellement, Emily refusait toujours ce type d'invitation, certaine qu'Adam ne lui proposait que par pure politesse et craignant surtout de paraître déplacée à ses côtés. Cette fois, cependant, elle accepta sur-le-champ, encore bouleversée par l'impétueux élan que l'avocat avait eu envers elle.

— Parfait. Eteignez votre machine et prenez votre sac. Nous retrouverons Douglas et Susan dans le hall.

Emily rangea son bureau en un temps record tandis que Taggart suivait Adam dans son cabinet. Après s'être brossé les cheveux et s'être très légèrement maquillé les lèvres, elle sortit dans le couloir. Il n'était même pas 16 h 30 ! Avait-elle jamais quitté le travail plus tôt ? se demanda-t-elle. Elle n'en conçut cependant, aujourd'hui, aucun sentiment de culpabilité. Au contraire. Elle rayonnait de bonheur.

Les trois jeunes gens prirent ensemble l'ascenseur. Un couple entre deux âges les attendait à la réception.

La femme se jeta au cou d'Adam.

— Excusez-moi, fit-elle, confuse, mais je n'ai pas pu m'en empêcher. Je suis si heureuse.

L'avocat sourit.

— Etre embrassé par une belle dame n'a jamais été pour me déplaire, s'exclama-t-il d'un ton enjoué.

Emily ne se souvenait pas de l'avoir vu de si bonne humeur depuis son divorce. Le visage détendu, l'œil malicieux, il semblait presque le jumeau de Taggart. C'était d'ailleurs à qui, des deux frères, lançait le plus de plaisanteries ou de bons mots.

Les présentations faites, ils se rendirent tout d'abord, en voiture, dans un bar de West Fourth puis décidèrent d'aller dîner dans un petit restaurant de Old Salem, réputé pour sa cuisine orientale et l'élégance de son décor.

La nourriture était délicieuse, effectivement, mais Emily n'y prêta guère attention. Seule la présence d'Adam à ses côtés l'occupait. Il l'effleurait, de temps à autre, de son bras ou de ses doigts pour lui passer un plat, lui souriait, la regardait tout en parlant.

Même si ce n'était pas intentionnel, cela suffisait à la combler. Aussi fut-elle désolée quand le dîner prit fin vers 8 heures.

Douglas et Susan les quittèrent devant le restaurant, après avoir remercié, une fois encore, l'avocat pour le tour de force qu'il avait accompli. Emily rentra avec les deux frères Marshall.

Comme ils arrivaient au parking souterrain de la société, elle murmura à l'adresse d'Adam :

— Vous pouvez me laisser là, si vous voulez. Ce sera plus pratique pour vous.

— Il n'en est pas question. Où se trouve votre voiture ?

— Au deuxième niveau.

Bien que cela ne présentât pas grand intérêt, Adam était curieux de connaître son moyen de locomotion. Il savait si peu de choses sur Emily qu'il tenait à glaner même ce genre d'information.

Au cours de ces derniers jours, la jeune femme avait occupé une bonne partie de son esprit, même durant le procès. Il était rare qu'il eût des problèmes de concentration en audience ; cette fois, cependant, des pensées sur son week-end avec Emily l'avaient assailli aux moments les moins propices.

Comment la satisferait-il ? Comment la caresserait-il pour ne pas froisser sa pudeur ? L'événement était si important pour la jeune femme qu'il se sentait anxieux à l'idée de ne pas se montrer à la hauteur.

Ce souci, à une période où il devait fournir des efforts d'attention soutenus, avait fait de ce procès le plus stressant qu'il ait jamais vécu. C'est pourquoi, l'affaire terminée, il éprouvait maintenant un tel soulagement. Il était enfin libre de songer sans retenue à sa rencontre prochaine avec la jeune femme.

— La voici.

L'avocat stoppa et regarda, stupéfait, le coupé sport que sa secrétaire lui désignait. Décidément, cette Emily la surprenait chaque jour davantage !

— Merci beaucoup pour le dîner, fit-elle. Au revoir.

Déjà, elle se dirigeait vers sa voiture.

— Attendez ! cria Adam.

Il se précipita à sa suite et lui saisit le bras comme elle ouvrait sa portière. Emily leva vers lui de grands yeux étonnés.

— Qu'avez-vous de changé, Emily ? s'exclama-t-il à brûle-pourpoint. Je me le suis demandé toute la soirée. Est-ce votre coiffure ?

— Non, je porte des verres de contact.

— Mais oui, bien sûr !

Quel idiot il était de ne pas s'en être aperçu plus tôt. C'était pourtant évident !

— Vous êtes infiniment mieux ainsi. Pourquoi avoir attendu si longtemps ?

Emily haussa les épaules.

— Bah ! Je m'étais habituée à mes lunettes.

De peur qu'Adam ne se figure qu'elle l'avait fait uniquement pour lui plaire — ce qui était pourtant l'exacte vérité — elle s'empressa d'ajouter :

— Ma cousine me harcelait depuis pas mal de temps à ce sujet. Elle a finalement eu gain de cause.

— J'en suis ravi !

Le sourire qu'il lui adressa était si resplendissant que la jeune femme en eut le souffle coupé.

— Euh... Emily, reprit l'avocat, je souhaiterais... j'aimerais vous emmener dîner, vendredi soir, au Ryan.

Emily le dévisagea d'un air stupéfait.

— Pardon ?

— Pouvons-nous souper ensemble, vendredi soir ? Nous partirons le lendemain matin pour le chalet.

— Ne vous croyez pas obligé de... Je veux dire que ce n'est pas comme si nous...

Elle se tut, soudain très gênée. Adam comprit cependant où elle voulait en venir.

— Bien sûr que si !

— Eh bien, je..., bredouilla-t-elle, rougissante.

— Il me semble qu'il serait bon de donner un contexte plus romantique à l'histoire, vous ne trouvez pas ?

Il lui caressa doucement la joue du plat de la main.

Ses yeux, d'un bleu intense, brillaient de plaisir.

— Non, je vous en prie, ce n'est pas la peine, reprit fébrilement Emily.

— Mais moi, je le désire. Alors, d'accord ?

— D'accord.

— Très bien. Je viendrai vous chercher vers 19 heures.

Incapable de parler, Emily acquiesça d'un

signe de tête. Adam se pencha soudain vers elle pour déposer un léger baiser sur son front.

— A demain, fit-il en rebroussant chemin.

— Bonsoir, chuchota-t-elle.

Arrivé à la hauteur de sa voiture, Adam se retourna.

— Vous ne me verrez pas de bonne heure, demain matin, j'ai du sommeil en retard.

Emily hocha à nouveau la tête. Elle attendit que la BMW de l'avocat tourne le coin de l'allée pour partir. Des sentiments contradictoires, entre autres la panique et une joie délirante, l'habitaient.

Jamais elle n'aurait pensé ni même osé rêver qu'Adam se conduirait ainsi avec elle. Grâce à lui, elle allait goûter les joies du rendez-vous ; elle allait vivre, comme tout un chacun, une relation sentimentale, même de courte durée, avant de connaître l'amour physique. C'était merveilleux ! Comment se comporterait-elle ? Et d'abord, qu'allait-elle mettre ? Il fallait qu'elle voie Jeannette.

Elle démarra en trombe. Dix minutes plus tard, elle sonnait chez sa cousine.

— C'est encore moi. J'ai besoin d'une tenue habillée, cette fois. Adam m'invite au restaurant, vendredi soir.

Le visage de Jeannette s'illumina aussitôt.

— Fantastique ! Dis donc, ne m'aurais-tu pas caché quelque chose ? Cela m'a l'air beaucoup plus sérieux que ce que tu m'avais laissé entendre.

Emily haussa les épaules.

— Adam est tout simplement très gentil. Il tient à s'acquitter de sa « tâche » dans les « normes ».

Les deux jeunes femmes échangèrent un sourire malicieux.

— L'ensemble noir que je t'ai montré l'autre jour conviendrait tout à fait, je crois, reprit Jeannette.

N'était-il pas un peu trop décolleté ? se rappela Emily. Avec sa poitrine plate, cependant, ce ne serait guère provocant.

— Oh oui ! s'exclama-t-elle avec impétuosité.

— Très bien, mais à une condition.

— Laquelle ?

— Tu passeras d'abord ici, vendredi soir, pour que je te coiffe et te maquille.

Devant le regard inquiet de sa cousine, elle poursuivit :

— Je te promets que je ne te ferai pas ressembler à une femme de mauvaise vie.

— Bon, d'accord, s'esclaffa Emily.

Le vendredi, Emily quitta son travail avant 17 heures pour se rendre chez sa cousine. Elle se sentait un peu coupable de partir si tôt — c'était la troisième fois en deux semaines — car elle n'avait pas besoin de deux heures pour passer une robe. Mais à quoi bon rester au bureau ! Enervée comme elle l'était, elle était incapable de se concentrer sur quoi que ce soit.

Jeannette, dès son arrivée, la fit asseoir sur un tabouret dans la salle de bains et la séance de maquillage commença.

Sous l'œil attentif de son esthéticienne, Emily apprit à s'appliquer sur le visage une légère couche de fond de teint. Jeannette prit ensuite la relève pour ombrer ses paupières et farder ses cils. Un trait de crayon, un soupçon de rose à joue et un peu de rouge à lèvres, et ce fut terminé.

Jeannette se recula pour juger de l'effet.

— Tu es ravissante! s'exclama-t-elle, radieuse.

Emily se risqua à ouvrir les yeux. L'image que lui refléta la glace la sidéra. Etait-ce bien elle qui avait ce teint lumineux et satiné, ce regard intense et mystérieux? Ses yeux gris en devenaient presque attirants.

— Adam ne va pas me reconnaître, balbutia-t-elle, interdite.

Déjà Jeannette s'occupait de sa coiffure. A l'aide d'un fer électrique, elle donna à ses cheveux un peu plus de volume pour les ramasser ensuite en un élégant chignon. Emily, au départ sceptique, dut admettre que le résultat dépassait toutes ses espérances.

Il ne lui restait plus qu'à revêtir sa tenue de soirée.

Etait-ce la beauté de la toilette qui déteignait sur elle? Contrairement à d'habitude, Emily ne se trouva pas maigrichonne mais mince. Le haut du vêtement, décolleté mais assez bouffant, prêtait à sa poitrine une jolie rondeur.

Hélas, ce n'était qu'un artifice. Nu, son corps révélerait ses imperfections. Emily se tourna d'un air hésitant vers sa cousine.

Comme si elle avait lu dans ses pensées, cette dernière s'écria :

— Tu es tout simplement merveilleuse. Adam partagera mon avis, j'en suis sûre.

De retour chez elle, Emily trouva sa mère et sa tante dans le salon, installées chacune à un bout du sofa. On aurait dit deux presse-livres dépareillés.

Rosemary, dans sa robe de velours gris, était plus austère que jamais. Quant à Nancy, outrageusement fardée et vêtue, comme à l'accoutumée, d'un ensemble criard trop court pour une femme de son âge, elle offrait avec sa sœur un contraste saisissant.

— Que faites-vous là ? s'enquit Emily, vaguement inquiète.

— Nous attendons ton rendez-vous, bien sûr, l'informa sévèrement tante Rosemary. Tu ne t'imagines tout de même pas que nous allons te laisser sortir avec quelqu'un que nous ne connaissons pas !

— Laisser...

Emily en eut le souffle coupé. De quel droit sa tante lui parlait-elle ainsi ? Elle était majeure, non ?

— Oh, Rosemary, ne sois pas si rigoriste, intervint Nancy.

Elle poursuivit à l'adresse de sa fille :

— Moi, je suis simplement curieuse de rencontrer ce jeune homme. Ce doit être quelqu'un pour que tu te décides enfin à sortir et à prendre un peu de bon temps.

— Ah non ! Vous n'allez pas rester là ! s'exclama Emily, exaspérée.

— Ne t'inquiète pas. Je ne laisserai pas Rosemary lui poser des questions embarrassantes.

Rosemary foudroya sa sœur du regard.

— Et moi je ne laisserai pas cette petite faire une bêtise.

Charmant ! Elles allaient se disputer, à présent. Découragée, Emily s'affala dans un fauteuil. Comment fausser compagnie à ces deux chaperons ? Aucune idée ne lui vint, hélas !

— Tu es ravissante, ce soir, Emily, remarqua sa mère. Cette toilette manque de couleur, certes, mais est tout de même très jolie.

Rosemary fronça les sourcils.

— Ce décolleté est trop profond. Je pense qu'une écharpe...

— Grands dieux, non ! s'interposa Nancy, horrifiée. Je sais, je n'ai, paraît-il, aucun goût, mais ce serait affreux, j'en suis certaine.

— Ce serait décent, du moins !

Emily, silencieuse, avait pris le parti d'ignorer l'insignifiant bavardage des deux femmes. Elle se sentit rougir, cependant, en entendant sa tante déplorer le genre de relations qu'entretenaient aujourd'hui employeurs et employés.

Si elle savait que sa nièce allait passer le week-end entier avec son patron ! A la pensée de tous les sermons et remontrances qu'elle s'était évités, Emily fut ravie d'avoir menti. Elle avait prétendu, à la place, se rendre chez Jeannette et demandé, d'ailleurs, à Adam de venir la prendre chez sa cousine, le samedi matin. Que n'avait-elle fait la même chose, ce soir ! se désespéra-t-elle. Elle aurait eu moins honte !

A 19 h 10, Adam n'était toujours pas arrivé. Emily n'en fut pas surprise. Quand elle avait quitté son bureau, l'avocat était toujours en entretien avec un client. Steve Vickers, avocat lui aussi, l'aurait sans doute ensuite longuement accaparé. L'affaire dont il souhaitait discuter avec Adam devait être importante car il était venu s'informer toutes les cinq minutes auprès d'Emily de la disponibilité de son confrère. La jeune femme avait alors redouté que l'avocat ne lui téléphone pour décommander le rendez-vous.

Quand la sonnette retentit à 19 h 15, elle bondit sur ses pieds pour ouvrir, mais Rosemary fut plus rapide qu'elle. Elle dévisagea Adam d'un air sévère, lui ayant déjà trouvé un défaut impardonnable : son inexactitude.

Emily aurait voulu disparaître dans un trou de

souris. Elle trouva cependant le courage d'écarter sa tante.

— Bonsoir, Adam, murmura-t-elle.

Le regard surpris mais approbateur dont l'enveloppa l'avocat ne lui échappa point.

— Bonsoir, Emily. Vous êtes ravissante ! C'est une chance que vous ne veniez pas ainsi au bureau car je ne parviendrais pas à travailler, fit-il avec un large sourire.

Emily se sentit rougir. Même s'ils n'étaient pas sincères, c'était agréable de s'entendre dire ce genre de compliments. Elle y était si peu habituée. Son émotion s'accrut lorsque Adam lui tendit un magnifique bouquet de marguerites, caché jusque-là derrière son dos.

— Oh, Adam ! Il ne fallait pas, balbutia-t-elle.

L'avocat sentit son cœur se serrer à la vue du plaisir non feint de la jeune femme. Pourquoi n'avait-il jamais noté auparavant combien elle était jolie ?

— Eh bien, Emily, pourquoi ne fais-tu pas entrer ce jeune homme ? intervint Nancy qui avait rejoint sa sœur sur le seuil de la porte.

— C'est inutile, maman. Nous... allons partir tout de suite.

Contre toute attente, Adam s'interposa.

— Nous avons quelques instants. Je n'ai réservé la table que pour 20 heures. Et puis, ces fleurs doivent être mises dans l'eau, non ?

— Oui, bien sûr.

Plus gênée que jamais, Emily fut obligée de faire les présentations. Pour ne pas avoir à rougir des propos indiscrets et des regards inquisiteurs de sa mère et de sa tante, elle s'enfuit aussitôt à la cuisine pour quérir un vase. A son retour, elle trouva Adam confortablement installé sur le canapé, en grande conversation avec les deux femmes. Nancy se dépensait en minauderies et en sourires. Quant à Rosemary, elle semblait presque détendue.

Par chance, Adam ne tarda pas à se lever.

— Je suis désolé, mais nous devons y aller, maintenant. Enchanté d'avoir fait votre connaissance.

— Tout le plaisir a été pour nous, répondit aimablement Rosemary.

— N'hésitez pas à revenir quand il vous plaira, renchérit Nancy.

Les deux sœurs les accompagnèrent jusque sur le pas de la porte pour les regarder monter en voiture.

Emily étouffa un soupir de soulagement quand Adam démarra.

Ce dernier se tourna vers elle, un sourire malicieux sur les lèvres.

— Alors, je ne m'en suis pas trop mal sorti, non ?

— J'ai si honte. Excusez-les.

— De quoi ?

— Oh, ne me dites pas que vous n'avez pas remarqué les coquetteries de ma mère et la désagréable manie de ma tante de cuisiner tous les gens qu'elle rencontre !

Adam se mit à rire.

— Oui, bien sûr, mais j'ai trouvé cela attendrissant. On voit qu'elles vous aiment.

Emily lui lança un regard reconnaissant.

— Merci, vous êtes gentil.

— Vous en apercevez-vous seulement maintenant ? plaisanta Adam.

Le trajet fut silencieux. Emily, en proie à une vive émotion, se sentait incapable de dire quoi que ce soit. Adam, lui, semblait parfaitement calme. Il conduisait avec décontraction, fredonnant presque. Etait-ce sa position sociale qui lui permettait de se montrer à la hauteur de la situation en toute circonstance? se demanda Emily. Que n'avait-elle le dixième de son sang-froid!

Ils arrivèrent bientôt à destination. Le restaurant, situé en dehors de la ville, offrait un magnifique cadre de verdure. Adam lui prit la main pour l'aider à sortir de la voiture et la garda dans la sienne jusqu'à l'entrée de la salle. Un serveur les guida aussitôt vers leur table.

L'intérieur ne démentait pas l'extérieur. Raffiné tout en étant sobre, l'endroit dispensait un charme indéfinissable.

— Comme c'est beau! s'exclama Emily.

— Vous ne connaissiez pas? s'étonna Adam. Je suis content, alors, d'avoir choisi ce restaurant.

La conversation retomba. Emily chercha désespérément un autre sujet. Pour son seul et unique rendez-vous avec Adam, elle ne tenait pas à passer pour une idiote.

— Vous êtes-vous remis du procès? commença-t-elle.

— Oui, je crois. Il fera date, cependant, dans ma vie. Si je pouvais maintenant amener les Johansen à accepter un arrangement à l'amiable, je serais ravi.

— Vous pensez que ce serait préférable?

— Sans aucun doute.

Tout naturellement, Emily enchaîna :

— Et Steve Vickers? Avez-vous eu le temps de le voir? Il semblait plutôt impatient.

— Oui, je l'ai reçu sitôt mon client parti. Il souhaite que je reprenne un de ses dossiers. Une drôle d'affaire, d'ailleurs.

— De quoi s'agit-il?

— Une certaine Mme Wheeler aurait légué à sa mort presque toute sa fortune à un pasteur. Les enfants contestent aujourd'hui l'authenticité du testament. Selon eux, leur mère l'aurait écrit sous influence.

— Comment cela ?

— Ce fameux pasteur se rendait, paraît-il, tous les jours au chevet de la vieille dame, prétextant vouloir la sauver de l'enfer. Il fit tant et si bien que cette dernière refusa ensuite d'écouter ses enfants et ferma même sa porte au prêtre de sa paroisse. Elle a apparemment conservé sa raison jusqu'au bout. Ses dernières volontés sont donc valables.

— Aïe, c'est plutôt litigieux comme cas. Allez-vous vous en charger ?

Adam haussa les épaules.

— Je ne sais pas encore. Nous avons ici affaire à forte partie : l'église. Tout ceci n'est guère passionnant, ajouta-t-il en souriant. Si nous parlions d'autre chose ?

— Mais je trouve vos dossiers intéressants ! se récria la jeune femme.

Elle se sentait beaucoup plus à l'aise, maintenant.

— Je vous crois. Vous aimez le droit, n'est-ce pas ?

Emily acquiesça d'un signe de tête.

— Pourquoi n'avoir pas fait d'études dans cette branche, alors ?

— Je ne sais pas. Je ne l'ai jamais envisagé, en fait. Et puis, ma mère n'aurait pas pu subvenir aux frais de ma scolarité.

— Il y a des bourses.

Emily eut un geste fataliste.

— Bah ! Je n'aurais certainement pas été capable d'embrasser une telle carrière.

Adam lui tapota doucement la main.

— Emily, pourquoi vous rabaissez-vous sans cesse ? Bon nombre de mes confrères n'ont pas votre esprit de discernement, je peux vous l'assurer.

La jeune femme, troublée par le contact euphorisant de sa main sur la sienne, ne répondit pas. Elle aurait souhaité pouvoir rester des heures à contempler l'avocat, à l'écouter parler.

On leur servit, hélas, leur repas et Adam retira sa main.

Après le dîner, ils se rendirent dans un night-club situé non loin du restaurant. Emily, jusque-là détendue, perdit son assurance. Elle dansait rarement, trop inhibée pour arriver à s'exprimer sur une musique.

Quand les bras puissants d'Adam l'enlacèrent, elle oublia cependant tous ses complexes. Le contact de leurs corps fit naître en elle un émoi indescriptible. Un délicieux frisson la parcourut tout entière et leur rencontre du lendemain lui sembla soudain plus réelle que jamais.

Ils ne s'attardèrent pas très longtemps au dancing, souhaitant partir assez tôt pour le chalet. Emily nota avec soulagement que sa mère et sa tante étaient couchées lorsque l'avocat la reconduisit chez elle.

Elle se tourna vers lui, un sourire hésitant sur les lèvres.

— Merci, Adam, ce fut une merveilleuse soirée.

— Pour moi aussi, chuchota-t-il.

— Alors... à demain. Vous avez toujours l'adresse où vous devez passer me prendre ?

— Oui, oui. Ne vous inquiétez pas.

Contre toute attente, l'avocat coupa le contact sans la quitter des yeux.

— Vous êtes très jolie, ce soir, Emily. Vous l'ai-je dit ?

Emily sentit son cœur battre la chamade. Adam s'était rapproché d'elle ; il allait l'embrasser, c'était sûr ! Elle se rendit compte alors qu'elle n'y était pas du tout préparée. Malgré son amour pour Adam, malgré son désir grandissant, elle était trop inexpérimentée pour...

Des lèvres chaudes et douces se pressèrent bientôt sur les siennes, chassant toutes ses craintes et ses interrogations.

Chapitre 5

Le baiser d'Adam s'accentua, provoquant chez Emily un étourdissement à la fois doux et violent. Un long frisson la parcourut lorsqu'elle sentit sur sa nuque la caresse de ses doigts.

Elle mourait d'envie de se serrer tout contre lui, de laisser courir ses mains sur sa poitrine mais elle n'osa pas. Ne serait-ce pas un peu trop audacieux ? Elle se cramponna, à la place, au revers de son veston. Les sensations, jusqu'alors inconnues, qui l'envahissaient, étaient si incroyables, qu'elle en était presque affolée.

Comme s'il le devinait, Adam relâcha son étreinte. Ses traits étaient tendus, ses yeux luisants. Encore plus troublée par le feu de son regard, la jeune femme détourna la tête. Instinctivement, elle passa sa langue sur ses lèvres pour en apaiser la brûlure. Elle avait l'impression qu'elles avaient doublé de volume !

Un brusque désir la submergea comme Adam commençait à lui caresser les seins. Elle réprima à temps un gémissement. Que penserait-il d'une réponse si rapide à ses effleurements ? Qu'elle était une nymphomane ?

L'avocat reprit bientôt possession de sa bouche. Emily ne lui rendait pas encore ses baisers mais, au rythme de son cœur qui battait la chamade, elle sentit sa réserve l'abandonner.

— Demain, chuchota-t-il d'une voix rauque, je veux vous regarder, vous embrasser partout.

Seul le battement rapide de ses paupières lui indiqua qu'elle avait entendu. Adam l'observa plus intensément. Elle semblait si vulnérable ! Une impérieuse envie le prit de continuer à explorer son corps et, l'espace d'une seconde, il envisagea de l'emmener chez lui pour lui faire connaître, dès ce soir, les plaisirs de l'amour.

La raison lui revint à temps. Il lui fallait procéder lentement avec Emily, sous peine de tout gâcher. N'était-ce pas d'ailleurs le but de cette sortie ? Faire de leur rencontre une véritable relation avec une progression entre le rendez-vous et la chambre à coucher. Ces premiers baisers étaient, en quelque sorte, une introduction.

La pensée qu'ils devaient offrir l'image de deux adolescents, tendrement enlacés, l'amusa. Ce n'était pas si faux, en fait. Contre toute attente, Emily le bouleversait, l'intimidait même. Elle était si jolie ! Sa compagnie était, de plus, très agréable. Au moins, il était sûr de ne pas l'ennuyer en abordant des sujets de travail. Combien émouvante, également, avait été sa réaction quand il avait commencé à l'embrasser !

— Nous ferions bien d'aller nous reposer, maintenant, murmura-t-il, si nous voulons partir tôt demain.

A contrecœur, il s'écarta puis se glissa derrière le volant pour sortir de la voiture.

L'enchantement était brisé. Emily rouvrit lentement les yeux, essayant de mettre un semblant d'ordre dans ses pensées troublées.

Sans un mot, Adam l'aida à descendre et

déposa un léger baiser sur ses lèvres avant de chuchoter :

— A demain, 9 heures.

La jeune femme se contenta de hocher la tête. Pourquoi lui avait-elle demandé de la prendre ailleurs, le lendemain ? pensa Adam en la regardant entrer chez elle. Etait-ce pour déjouer la surveillance de sa tante ? Quel dragon, cette Rosemary ! Avec un tel gardien de sa vertu, rien d'étonnant à ce qu'Emily fût encore si ingénue !

Adam sourit. En fait, cette situation n'était pas pour lui déplaire. Bien au contraire, il se réjouissait vivement d'avoir à lui révéler les mystères de l'amour.

Après s'être tournée et retournée un nombre incalculable de fois dans son lit, Emily réussit enfin à s'endormir. Son sommeil fut agité, peuplé de rêves étranges et troublants. Elle s'éveilla bien avant que son réveil ne sonne.

Sans attendre, elle se leva, se doucha et revêtit le sweat-shirt parme et le pantalon que Jeannette lui avait prêtés. Elle essaya ensuite de se maquiller. Bien que n'étant pas aussi experte et audacieuse que sa cousine, elle fut cependant assez contente du résultat. Voilà, elle était prête. Il ne lui restait plus qu'à boucler son sac de voyage.

Elle trouva sa tante en bas, en train de parcourir le journal tout en buvant une tasse de café. Cette dernière lui lança un regard surpris. Il était rare en effet qu'Emily descende avant 10 heures le samedi matin.

L'examen de Rosemary s'intensifia. Emily s'attendit à un déluge de questions, du genre : « tu ne t'attaches pas les cheveux, aujourd'hui ? », « tu t'es achetée de nouveaux vêtements ? », « tu te fardes, maintenant ? »... Pourtant, sa tante ne fit aucun commentaire.

— Tu es bien matinale, observa-t-elle simplement.

— Oui, euh... Jeannette et moi souhaitons arriver dès l'ouverture.

Pour Rosemary, les deux cousines étaient censées faire du shopping dans des magasins d'ameublement de demi-gros, situés à l'extérieur de la ville.

— Veux-tu des œufs, comme d'habitude ?

A cette seule idée, Emily eut un haut-le-cœur. Elle se sentait incapable d'avaler quoi que ce soit tant elle avait l'estomac noué.

— Non merci, s'empressa-t-elle de répondre. Je n'ai pas faim. J'ai trop mangé, hier soir.

— Tu ne vas pas partir sans rien dans le ventre, quand même ! Préfères-tu des crêpes ?

Emily réprima une grimace de dégoût.

— Non, encore moins. Bon, pour te faire plaisir, je prendrai une tasse de café et un toast.

Rosemary, en haussant les épaules, se leva pour brancher le grille-pain.

La jeune femme l'arrêta.

— Reste donc assise à lire ton journal, tantine. C'est toi qui prépares mon petit déjeuner tous les matins. La moindre des choses est que je le fasse le samedi.

— Ça ne me dérange pas.

— Je le sais bien et je l'apprécie, crois-moi.

Emily inséra une tranche de pain dans l'appareil électrique puis s'installa pour manger en face de sa tante.

— Ta soirée s'est bien passée ? lui demanda cette dernière.

Pour cacher son trouble, Emily beurra avec

application son toast. Sa tante, hélas, ne s'en tint pas là.

— Qu'avez-vous donc fait? poursuivit-elle. Vous n'êtes tout de même pas restés au restaurant jusqu'à une heure du matin?

— Non, nous sommes allés danser. C'était très agréable.

Un long silence s'ensuivit.

— En tout cas, la voiture a été stationnée un bon moment devant la maison, hier soir.

La jeune femme déglutit péniblement. La bouchée de pain qu'elle venait d'avaler lui sembla en béton. Elle s'empressa de boire une gorgée de café pour faire couler, puis, d'une voix blanche, répliqua :

— Oh, tu n'étais pas couchée? Je pensais que tout le monde dormait dans la maison.

— Je ne suis pas tranquille quand je te sais sortie.

Manifestement, Rosemary attendait une réponse appropriée à sa remarque. Emily termina son café.

— Euh... oui, effectivement. Nous avons bavardé un peu.

Sa tante était-elle dupe? La jeune femme ne se risqua pas à lever les yeux pour le vérifier sur son visage. Elle se força à grignoter un autre morceau de sa tartine puis se leva pour aller rincer sa tasse et son assiette au robinet de l'évier.

— Bon, il faut que j'y aille, maintenant. As-tu un message pour Jeannette?

Bien qu'elle eût sans doute des milliers de choses à reprocher à sa fille — Jeannette et elle n'étaient d'accord sur rien — Rosemary se contenta de hausser les épaules.

— Non, dis-lui simplement de m'appeler de temps à autre. Je ne la sermonnerai pas.

— Entendu.

Son bagage à la main, Emily se précipita au-dehors. Quelques minutes plus tard, elle arrivait chez sa cousine. Ses volets étaient encore fermés. Emily n'en fut pas surprise. Jeannette aimait faire la grasse matinée le week-end, aussi lui avait-elle laissé une clef pour ne pas être dérangée.

La jeune femme entra sur la pointe des pieds et, sans allumer la lumière, s'assit dans un fauteuil pour attendre. Il n'était même pas 8 heures !

Ses mains étaient glacées, son estomac noué. Mon Dieu, pourquoi avait-elle accepté un tel arrangement ? Dans quoi s'était-elle lancée ? L'espace d'une seconde, elle eut envie de rebrousser chemin.

A 8 h 45, le bruit d'une voiture qui s'engageait dans l'allée, la fit violemment tressaillir. Les jambes tremblantes, elle alla ouvrir. Adam était là, vêtu d'un jean et d'un sweat-shirt « Université de Raleigh ».

C'était la première fois qu'Emily le voyait dans une tenue si décontractée. Même lorsqu'ils s'étaient retrouvés quelquefois, le samedi, au bureau, pour travailler, il portait toujours un costume et une cravate. Il était pourtant mille fois plus séduisant, ainsi, pensa la jeune femme, troublée. Et si jeune ! On aurait dit un étudiant. Le pantalon de toile lui collait aux cuisses comme une seconde peau et le tricot mettait admirablement en valeur ses larges épaules et son thorax musclé. Sa couleur, bleu roi, avivait l'éclat de ses yeux, accentuait son teint mat.

— Bonjour, chuchota-t-il.

— Bonjour, répondit-elle timidement.

Après le long baiser qu'ils avaient échangé, la veille au soir, elle se sentait un peu gênée de soutenir son regard.

— Etes-vous prête ?

— Oui.

Adam se chargea de son bagage et ils montèrent en voiture.

Le trajet fut silencieux. L'avocat fit quelques commentaires, au départ, sur le temps et la circulation, puis se tut. Emily, elle, aurait été bien en peine de dire quelque chose. Au fur et à mesure qu'ils s'éloignaient de Winston-Salem, sa tension croissait, l'empêchant même de profiter de la beauté des paysages.

A la sortie de la ville, ils avaient emprunté une autoroute et ne tardèrent donc pas à arriver à Fender Gap, un petit village tout en longueur, coincé entre une vallée étroite et une rivière tumultueuse. Un magnifique pont en bois traversait cette dernière. Adam s'y engagea, puis, de là, prit une route qui grimpait en lacet dans la montagne. Bientôt, la bourgade ne fut plus qu'un point à l'horizon. Avec l'altitude, la végétation changeait. De superbes forêts succédèrent aux prairies. De la neige scintillait encore sur les sommets, au loin.

En haut du col, Adam quitta la voie goudronnée pour un sentier cahoteux. Au bout d'un kilomètre, environ, le chalet s'offrit à leur regard.

Seule habitation alentour, il était admirablement situé. Des cytises venaient balancer leurs grappes d'or tout contre les murs, envahis à leur base par des massifs de rhododendrons. Une glycine encadrait les fenêtres de ses rameaux tortueux.

Emily sentit le parfum de ses fleurs bleu-mauve sitôt descendue de voiture.

— Oh, Adam, c'est merveilleux, murmura-t-elle, le souffle coupé.

— Oui. J'ai eu le coup de foudre pour ce terrain dès que je l'ai découvert, un jour, au hasard d'une promenade. Le chalet ne comportait qu'une pièce, au départ. Je l'ai fait agrandir, récemment.

L'avocat s'avança pour déverrouiller la porte. Avant d'entrer, Emily s'arrêta sur le seuil pour contempler une nouvelle fois le panorama. C'était si beau qu'elle n'en croyait pas ses yeux !

L'intérieur acheva de la séduire. Bien que de construction rustique, la maison de bois possédait tous les éléments de confort. Une seule et même pièce, spacieuse et lumineuse avec ses grandes baies vitrées, cumulait la triple fonction de cuisine, salle à manger et salon. Le tout était disposé harmonieusement et meublé de manière moderne. Un épais tapis en laine écrue était étendu sur le plancher, devant la cheminée de pierre. D'emblée, il émanait de cette salle une chaude intimité.

Emily passa à la partie rénovée. Dans la chambre à coucher, elle ne vit que le large lit recouvert d'un plaid aux couleurs vives. Gênée, elle gagna rapidement la salle de bains attenante. Un oh ! admiratif lui échappa alors.

De style rétro, les sanitaires en porcelaine blanche étincelaient dans la pièce inondée de soleil. La baignoire, surtout, immense et haute sur pied, semblait très accueillante. Comme cela devait être agréable de s'y prélasser en contemplant le décor grandiose du dehors : la chaîne de montagnes, en toile de fond, et, au premier plan, le vert feuillage qui bruissait tout contre la fenêtre.

Adam, qui l'avait rejointe, exprima tout haut sa pensée.

— Oui, c'est merveilleux de se laver ici, murmura-t-il par-dessus son épaule. Quand je viens ici, après une dure semaine, je passe la moitié du week-end dans mon bain.

La vision d'Adam nu dans l'eau troubla vivement Emily, faisant disparaître la sensation de paix qui l'avait envahie en pénétrant dans la pièce. Elle adressa à l'avocat un petit sourire crispé puis retourna dans la chambre. Là, la présence du lit la rendit encore plus nerveuse. Elle toussota et se tordit les mains.

— Euh, je...

Adam comprit son embarras.

— Nous avons tout notre temps, Emily. Inutile de précipiter les choses.

— Je suis désolée, c'est idiot de me montrer si angoissée.

— Mais non, c'est normal. Laissez-moi faire, je vais essayer de vous décontracter.

Lentement, il lui massa les muscles de la nuque et des épaules. Emily sentit bientôt couler une douce chaleur dans ses veines. Comment pouvait-elle avoir si peur alors qu'elle se pâmait au contact de ses doigts ? Comment pouvait-elle redouter quelque chose qu'elle désirait pourtant si fort ?

— Ah, voilà qui est mieux.

Emily était parfaitement détendue, maintenant. Une impérieuse envie de se frotter à Adam, tel un chat satisfait la prit.

— Si nous allions nous promener ? lui chuchota l'avocat dans les cheveux. Il y a, non loin d'ici, un joli petit lac. On peut y accéder facilement par un sentier. Cela vous dit ?

Emily acquiesça d'un signe de tête. Ils partirent aussitôt. La main serrée dans celle d'Adam, la jeune femme n'éprouvait plus aucune crainte, une certaine langueur, simplement.

— Si cela peut vous rassurer, vous n'êtes pas la seule à être anxieuse, lui confia Adam tout en marchant. Je le suis, moi aussi.

Emily lui lança un regard stupéfait.

— Vous ? Mais vous n'avez aucune raison de l'être ! Votre expérience dans ce domaine doit être... grande.

L'avocat leva un sourcil.

— Vous croyez ? Vous me flattez. Mais là n'est pas la question. J'ai peur de vous brusquer, de ne pas vous donner suffisamment de plaisir, vous comprenez ? Pour une première fois, il est important que ce soit bien.

— Vous savez, je ne verrai pas la différence, murmura Emily.

Adam éclata de rire. Il lui passa un bras autour des épaules pour la serrer tout contre lui.

— Ah, Emily ! Il n'y en a pas deux comme vous !

Ils débouchèrent bientôt sur une sorte de plateau rocailleux, à l'herbe rase. La surface miroitante du lac se devinait un peu plus loin. Lentement, ils s'en approchèrent. L'eau était d'un bleu très soutenu, faisant paraître, par comparaison, l'azur du ciel un peu passé. Une immense quiétude régnait dans ce lieu d'une beauté sauvage.

— On s'assoit ? proposa Adam en désignant du doigt un grand rocher plat, en surplomb.

A la grande surprise d'Emily, l'avocat ne prit pas place à ses côtés, mais derrière elle. Il l'enserrait entre ses jambes. La jeune femme n'eut d'autre solution que de se laisser aller contre ce délicieux support. Elle sentit aussitôt des bras puissants se refermer sur sa poitrine.

Hummm, comme c'était bon. Et pourtant...

Tout était faux dans leur relation, du moins en ce qui concernait Adam. Il jouait simplement un rôle dont il connaissait le texte et les gestes par cœur pour l'avoir déjà tenu auprès d'autres femmes. Cela n'avait rien à voir avec elle, essaya de se persuader Emily. Peut-être même Adam feignait-il de croire que c'était Cassie qu'il pressait tout contre lui. Il n'avait pas encore oublié son ex-femme, Emily le savait bien. Elle repoussa avec force cette idée.

Quel besoin avait-elle de faire intervenir la réalité dans cette histoire ? C'était son week-end, son conte de fées. Et, en tant que tel, il se devait d'être invraisemblable et charmant. La seule chose qui comptait était qu'elle en profite, qu'elle parvienne à s'abstraire du reste, sans se poser de questions sur le pourquoi ni le comment.

Durant ces deux jours, les seuls qui lui seraient donnés dans toute sa vie, elle ne laisserait pas un instant l'horrible visage de la vérité détruire son rêve chimérique, décida-t-elle.

Elle ferma les yeux pour savourer encore plus pleinement la chaleur du soleil sur sa peau. A travers le prisme de ses paupières mi-closes, elle percevait de superbes couleurs tandis qu'une multitude de bruits : le craquement d'une brindille, le chant d'un oiseau, le bourdonnement d'un insecte, parvenait à son oreille. Le battement sourd et régulier du cœur d'Adam résonnait dans son dos. L'instant était parfait. Emily aurait souhaité qu'il s'immobilisât à tout jamais.

La main d'Adam commença à s'animer sur sa poitrine. Elle était douce, délicate, troublante. Inconsciemment, Emily se cambra pour offrir totalement sa gorge.

Son abandon émut vivement l'avocat. Elle se donnait à lui en toute confiance, sans retenue. Il sentit son sang couler plus rapidement dans ses veines et son corps se durcir. Il n'avait qu'une envie : la serrer, nue, dans ses bras, la prendre. L'attente, l'anticipation attisaient son désir.

La merveilleuse mission qu'il s'était fixée : éveiller les sens de la jeune femme, l'emporta cependant sur son impatience. Il ne précipiterait rien. Sa récompense n'en serait que plus grande.

Il s'attarda encore un long moment à caresser ses petits seins à travers l'étoffe de son tricot. Leurs pointes s'étaient dressées aussitôt, comme deux boutons de roses prêts à éclore. Sa main descendit ensuite vers son ventre, ses cuisses.

Un léger tressaillement parcourut le corps d'Emily. Adam sourit, heureux. Il enfouit son visage dans sa chevelure pour davantage se concentrer sur le plaisir qu'il lui donnait et se donnait en même temps à lui-même. Sa nuque était si tendre, si douce, qu'il ne résista pas à la tentation de la mordiller. Emily laissa échapper un gémissement et rejeta la tête en arrière.

Avec fougue, Adam s'empara de ses lèvres, les embrassant avidement. La tâche dont il s'était chargé l'ennuya soudain souverainement. Il aurait voulu l'envoyer à tous les diables. Son désir pour Emily était si fort qu'il envisagea, l'espace d'une seconde, de satisfaire son plaisir égoïstement, tout de suite.

Mais le rocher ne se prêtait guère à une

relation très intime; c'est précisément pour cette raison qu'il l'avait choisi. Son seul but, au départ, était qu'Emily prît conscience de son corps, de la sensualité qui sommeillait en elle, dans un cadre moins stressant pour elle qu'une chambre à coucher.

A contrecœur, il s'écarta.

— Je suis désolé, fit-il d'une voix rauque.

— Désolé ?

Emily tourna vers lui de grands yeux étonnés. Ses pupilles étaient dilatées, ses lèvres rougies et meurtries. Elle offrait à tel point l'image d'une femme passionnée qu'Adam dut se faire violence pour ne pas la couvrir à nouveau de baisers.

— Oui, pour vous avoir brusquée. Je... j'ai perdu la tête.

— Cela ne m'ennuie pas, au contraire, chuchota-t-elle.

D'une voix presque inaudible, dans laquelle perçait un brin de déception, elle demanda :

— Allez-vous cesser ?

— On ne peut pas faire l'amour ici, c'est trop inconfortable.

Etait-ce d'entendre nommer si précisément les choses ? Emily sentit un brusque désir irradier dans tout son corps. Déjà les caresses d'Adam lui manquaient.

— Cela m'est égal, dit-elle sérieusement.

D'un bond, Adam se mit sur ses pieds et lui en fit faire autant. Il l'enlaça étroitement.

— Nous allons rentrer, murmura-t-il en ponctuant chaque mot d'un baiser.

— Au chalet ?

— Bien sûr. Où pourrions-nous aller ailleurs que dans un lit ?

Malgré son inexpérience, malgré la particularité de leur rencontre, Emily fut certaine, cette fois, que l'impatience d'Adam n'était pas feinte. Une étrange lueur brillait dans ses yeux. Quelle importance alors que de nombreuses femmes aient évidemment provoqué la même réaction chez lui... Pour le moment, c'était elle qu'il désirait et personne d'autre !

L'avocat l'aida à sauter à bas du rocher et ils rebroussèrent chemin. Au fur et à mesure qu'ils approchaient de la maison, Emily sentait cependant son assurance l'abandonner. La pensée d'avoir à se dévêtir devant Adam la paniquait plus particulièrement. Comment oserait-elle se montrer nue devant lui ? Son corps était si imparfait, si plat. Adam n'allait-il pas être rebuté ?

Et il y avait tant d'autres questions pour lesquelles elle n'avait pas de réponses...

Toutefois, en dépit de sa tension croissante, grande était son envie d'atteindre le chalet. Ses sens, enfiévrés, ne demandaient qu'à être apaisés.

Leur retour fut entrecoupé d'étreintes plus ou moins longues. Adam l'embrassa une nouvelle fois, sur le seuil de la porte. Emily sut qu'il n'y aurait plus d'autre arrêt, maintenant. Le moment tant attendu, mais aussi tant redouté était arrivé... Elle leva vers l'avocat des yeux craintifs. Les siens étaient graves, empreints de tendresse.

Un frisson d'angoisse la parcourut lorsqu'il la fit entrer. Comment pouvait-elle encore marcher avec ses jambes qui ne la portaient plus ? Elle s'avança, hésitante. Devait-elle se rendre directement dans la chambre à coucher ? Adam suppléa à son problème en la prenant par la main.

En un éclair, Emily revit la manuel d'éducation sexuelle qu'elle avait consulté, un jour, dans une bibliothèque. Malgré l'abondance de descriptions concernant l'acte lui-même et les nombreuses planches anatomiques, elle n'avait pas trouvé réponse à ses principales interrogations. Qui se dévêtait en premier ? Enlevait-on tous ses vêtements en même temps ou petit à petit ? Fallait-il se taire ? Que dire, sinon ?

Arrivé devant le lit, Adam perçut la raideur de la jeune femme. Elle devait être totalement paniquée, pensa-t-il. Il tenta de se rappeler ses impressions lors de sa propre initiation sexuelle. C'était si loin ! Sans doute avait-il tiré de sa frayeur une ardeur plus grande encore. Il comprenait, cependant, combien la même expérience pouvait paraître pénible et incertaine, parvenu à l'âge adulte, lorsque l'on a souffert pendant longtemps de la solitude.

Il prit les deux mains d'Emily dans les siennes et l'obligea à le regarder. La jeune femme s'obstina à garder les paupières baissées.

— Emily, je vous promets que je ne vous brusquerai pas, que je ne vous ferai pas de mal.

Emily secoua la tête.

— Ce n'est pas ça. J'ai confiance en vous... Vous êtes tellement gentil, même avec les intérimaires qui ne savent pas taper à la machine !

Adam eut un petit sourire.

— La situation n'est guère comparable ! Qu'y a-t-il d'autre ? Dites-moi.

— Oh, Adam, c'est affreux. Je me sens si... empruntée.

Encouragée par l'avocat, Emily poursuivit, les joues en feu.

— J'ai voulu consulter un ouvrage spécialisé pour ne pas paraître trop naïve mais...

Irréprochable Emily ! Il la reconnaissait bien là. Toujours à traiter chaque matière à fond ! Il eut envie de la plaisanter à ce propos mais se retint.

— Et alors ?

— Cela ne m'a pas aidée, pas beaucoup, du moins. Je ne sais toujours pas ce que je dois faire.

— Comment cela ? Vous n'avez rien à faire. Juste à être vous-même.

— Oui, mais...

— Mais quoi ?

Adam la dévisageait d'un air stupéfait. Cramoisie, consciente de son ridicule, Emily détourna la tête.

— Rien, rien, n'en parlons plus, je vous en prie.

— Parlons-en, au contraire. L'amour est un sujet trop sérieux pour être éludé.

Emily n'avait jamais été capable de lui refuser quoi que ce soit. Elle ne le fut pas davantage, cette fois-ci. Elle déglutit, puis d'une voix sourde, murmura :

— Je... L'idée d'avoir à me dévêtir devant vous me tracasse terriblement. Quand dois-je le faire ? Comment ? Faut-il que...

Adam l'enlaça plus étroitement.

— Ah, Emily ! Vous êtes vraiment unique ! Vous voulez trop bien faire. Reposez-vous donc sur moi. Pourquoi serais-je ici, sinon ?

La jeune femme protesta.

— Mais c'est vous qui...

— Oui, je l'admets. C'est moi qui vous l'ai proposé. Raison de plus pour m'en laisser la totale maîtrise. Ne vous préoccupez de rien. Je veillerai à tous les détails, d'accord ?

Sa voix s'était faite chaude, profonde, sensuelle. Il lui massa la nuque, lentement, doucement.

— D'accord, reprit-elle dans un souffle.

— C'est moi qui vous déshabillerai, qui vous embrasserai, qui vous caresserai, poursuivit Adam. La seule chose que je vous demande, c'est de ne plus penser à rien, de vous sentir bien.

Il lui effleura les cheveux de sa bouche.

— Plus tard, je vous dirai comment me rendre fou. Mais pour le moment, vous rendre heureuse est mon seul souci.

Chapitre 6

Au cours de ces deux dernières semaines, Emily avait vécu un bon nombre de fois, en rêve, son apprentissage de l'amour, mais comparée à la réalité qu'elle connaissait à présent, son imagination avait été bien faible.

Elle haletait de plaisir sous les caresses lentes et expertes qu'Adam lui prodiguait. Un feu intérieur la dévorait littéralement tandis qu'une impatience fébrile l'agitait. Pourquoi Adam ne la dévêtait-il pas ? Elle mourait d'envie de sentir ses mains à même la peau.

La violence de son désir avait chassé sa timidité et elle répondait maintenant sans retenue, quoique encore maladroitement, à ses baisers. L'impétuosité de leur étreinte les fit bientôt chanceler et ils roulèrent, enlacés, sur le lit. Emily gémit lorsque la main d'Adam trouva le renflement doux et ferme de ses seins, sous le sweat-shirt. D'une torsion du poignet, il défit l'attache de son soutien-gorge et massa délicatement la chair satinée.

Les paupières closes, la jeune femme s'abandonna à la douce euphorie dans laquelle il la faisait sombrer lentement. Une dernière étincelle de lucidité la traversa quand Adam baissa la fermeture de son pantalon.

L'espace d'une seconde, une sorte de panique mêlée de honte la prit.

— Non, non, balbutia-t-elle.

Elle tenta de se dérober aux caresses d'Adam qui se faisaient de plus en plus précises et intimes ; les sensations si incroyables et si nouvelles qui la submergeaient, l'en dissuadèrent, cependant. Bientôt, une nouvelle crainte l'envahit : celle de ne pouvoir supporter plus longtemps le plaisir qui montait en elle.

Sa respiration devint saccadée, haletante. Elle eut soudain le sentiment qu'elle allait exploser, s'anéantir. Un doux râle lui échappa et elle resta un long moment, sans bouger, flottant dans un univers cotonneux et flou, sans penser à rien, totalement détendue.

Peu à peu, elle reprit pied dans la réalité et découvrit Adam penché sur elle, lui souriant tendrement.

Mon Dieu ! Etait-ce possible qu'elle eût connu déjà une telle volupté, pour une première fois ? songea la jeune femme, encore tout alanguie. Elle n'était même pas déshabillée !

Comment croire qu'elle avait pu vivre un tel débordement, elle d'ordinaire si réservée, si timide. Au souvenir de son abandon impudique, elle ferma les yeux, rouge de honte.

— Je suis désolée, murmura-t-elle.

— Désolée ? Oh, Emily, pourquoi l'être ? Vous étiez merveilleuse !

Adam la dévisagea intensément.

— J'espère maintenant vous donner un plaisir encore plus grand et le partager avec vous.

Il glissa à bas du lit et, en quelques gestes précis et fiévreux, se débarrassa de son pull-over et de son pantalon.

Emily se risqua à le regarder. Il venait d'ôter

ses derniers vêtements et se tenait devant elle, superbe dans sa nudité virile. Jamais elle n'aurait pensé qu'un homme pût être aussi séduisant et fascinant. Sa poitrine était large, puissante, son ventre, plat, ses cuisses longues et nerveuses. Elle mourut d'envie, soudain, de le caresser à son tour, de sentir rouler ses muscles sous ses doigts.

Adam vint se rasseoir à ses côtés. Attrapant le bas de son sweat-shirt, il le fit passer par-dessus sa tête, puis ôta le léger soutien-gorge parti à la dérive.

— Pourquoi en portez-vous ? chuchota-t-il. Vos seins sont si jolis ! C'est un crime de les emprisonner !

Il se pencha vers elle pour les embrasser. Affolée par le ballet de sa langue douce et chaude sur sa poitrine, Emily gémit.

Etait-ce parce qu'elle venait de connaître un plaisir intense que ses sens étaient si réceptifs ? Elle sentait palpiter chaque parcelle de sa peau.

Elle était totalement nue, maintenant, offerte au regard émerveillé d'Adam.

— Comme vous êtes belle, Emily !

Il s'agenouilla pour mieux la contempler et déposa le long de sa jambe une myriade de petits baisers.

La jeune femme tressaillit. La chaleur du désir, familière à présent, s'épanouit au creux de son ventre, s'insinua aux tréfonds les plus intimes de son être.

Jamais Adam n'aurait pensé qu'il pût si longuement soumettre ses ardeurs à celles d'une femme. Le visage d'Emily, bouleversé par la passion, suffisait à le rendre heureux. Il ne se lassait pas de parcourir tout son corps de caresses. Elle était douce, fragile; elle était un merveilleux paysage.

Bientôt, cependant, n'y tenant plus, il enlaça sa taille souple et la pressa sur son corps dur et vibrant.

Emily le reçut en elle avec joie. Son désir était si fort qu'elle ne ressentit aucune douleur mais une envie grandissante de s'ouvrir davantage.

Le plaisir la surprit avec une intensité qui lui arracha des cris. Elle fut prise dans un tourbillon, comme si elle allait perdre connaissance... Un immense bonheur la submergea, l'instant d'après, en entendant Adam la rejoindre dans l'extase et elle en eut les larmes aux yeux.

Emily reposait tranquillement sur le dos, les yeux grands ouverts. Adam était allongé à ses côtés, endormi, un bras et une jambe en travers de son corps.

Après la vertigineuse ivresse qui les avait emportés, tous les deux, il l'avait embrassée, lui avait demandé comment elle se sentait, puis avait glissé dans le sommeil.

Bien qu'alanguie, Emily n'aurait pas supporté d'en faire autant. Elle souhaitait savourer chaque seconde de ce moment privilégié, écouter encore dans son ventre la résonance du plaisir.

C'était comme si elle sortait d'une longue hibernation. Elle avait une perception plus intense de l'espace, du temps, de son corps, plus particulièrement.

Une immense joie dilatait son cœur. Elle avait envie de crier tout fort son bonheur, de rire, de sauter, d'aller courir dans la prairie, devant le chalet, mais il eût fallu pour cela se séparer d'Adam et elle y tenait encore moins.

Ce dernier ouvrit bientôt les yeux. Il l'observa un instant, surpris de la trouver là, puis sourit.

— Bonjour, murmura-t-il d'une voix enrouée de sommeil. Je me suis assoupi, n'est-ce pas ?

— Ce n'est pas grave, chuchota Emily.

Elle était un peu gênée, maintenant, de rencontrer son regard et eût presque préféré le voir dormir encore un moment, pour pouvoir le contempler tout à son aise.

Adam se dressa sur un coude pour l'embrasser.

— Etes-vous bien ?

— Oui.

— Est-ce vrai ? Redites-le moi encore. Je veux savoir ce que vous avez ressenti, si vous avez été heureuse.

Comment ? Il doutait du bonheur qu'il lui avait donné ? Emily cacha son visage entre ses mains.

— C'était merveilleux, paradisiaque. Des mots seraient bien impuissants à traduire mes sentiments. Jamais je ne pourrai assez vous remercier pour...

D'un baiser, Adam, lui bâillonna la bouche.

— Tout le plaisir a été pour moi, croyez-moi, fit-il d'un air coquin.

Aux anges, la jeune femme en oublia un instant son lourd secret. Adam ne vit, cependant, dans la flamme de son regard qu'un signe de gratitude.

— Vous savez quoi ? reprit-il.

— Non ?

— Je meurs de faim. Et vous ?

Emily n'avait guère eu le loisir d'y penser. Machinalement, elle répondit :

— Que souhaitez-vous que je prépare ?

L'avocat éclata de rire.

— Emily, nous ne sommes pas au bureau, ici.

Vous n'êtes pas à mon service ! Je vais aller voir ce que je peux faire.

Parfaitement à l'aise, il traversa la chambre, nu. Plus pudique, Emily attendit qu'il soit hors de sa vue pour se rendre dans la salle de bains.

— Ai-je je temps de prendre un bain ? demanda-t-elle timidement par la porte entre-bâillée.

— Bien sûr. J'ai une meilleure idée, tout à coup. Si nous allions déjeuner à Fender Gap ? J'y connais un très bon restaurant. Nous ferons ensuite des courses pour le reste du week-end. Je vais commencer à en dresser la liste.

Emily sourit.

— Entendu.

Tandis que la baignoire se remplissait, la jeune femme s'observa attentivement dans la glace pour voir si le changement qui s'était opéré en elle transparaissait aussi sur son corps.

Sa peau était plus lisse et plus éclatante que d'habitude, ses yeux plus grands. Elle semblait heureuse et... oui, jolie !

Elle devait être victime d'une illusion, pensa-t-elle. Ou peut-être était-ce l'éclairage de la salle de bains qui l'avantageait ? Comment, en effet, aurait-elle pu se métamorphoser en si peu de temps, comme par enchantement ?

Et pourtant, il s'agissait bien de cela. Elle connaissait même le nom du magicien qui l'avait touchée de sa baguette.

Qu'Adam, cet homme si brillant, si important, dont l'ex-femme était une reine de beauté, l'ait désirée, aimée avec tant de fougue, l'étonnait encore. Recelait-elle donc des charmes insoupçonnés ?

Radieuse, Emily sourit à son reflet dans le miroir et enjamba le rebord de la baignoire.

Elle aurait souhaité s'y attarder un long moment, se savonner tranquillement pour sentir encore sur son corps les brûlantes caresses des mains et des lèvres d'Adam, mais elle n'osa pas le faire attendre davantage. Elle s'enveloppa, pour se sécher, dans une immense serviette éponge qui fleurait bon la lessive, puis enfila à la hâte ses vêtements, son soutien-gorge excepté.

Si cela contentait Adam ! Et puis, ses seins étaient si petits qu'elle n'en avait pas besoin, se justifia-t-elle.

Elle recula d'un pas pour juger de l'effet dans la glace. Nue sous le sweat-shirt, sa poitrine semblait plus épanouie, mieux modelée. N'était-ce pas un peu provocant, cependant ?

La jeune femme haussa les épaules. Ce week-end, tout était permis.

Adam s'était rhabillé, lui aussi. Emily le trouva assis sur le canapé du salon, les jambes croisés. A son entrée dans la pièce, il vint aussitôt au-devant d'elle. Un léger sourire flottait sur ses lèvres, comme s'il avait déjà noté que ses conseils avaient été suivis, mais il ne dit rien. Sous la caresse de son regard, la jeune femme sentit la pointe de ses seins se dresser.

La ville de Fender Gap l'intéressa bien plus qu'à l'aller. Petite, au charme vieillot, elle débordait d'animation. La semaine devait la trouver bien calme, par contre. Vivant presque exclusivement du tourisme, elle comptait surtout des hôtels, des boutiques d'artisanat et de souvenirs et des agences immobilières.

Adam se gara devant un étroit magasin dont l'enseigne battue par les intempéries signalait simplement : « Chez Granny ». Ils entrèrent.

— Mais ne devions-nous pas déjeuner avant

de faire les courses ? s'étonna Emily en découvrant une épicerie.

— Si, si. Le restaurant se trouve au fond de la pièce. C'est très pratique.

Effectivement. Passé une deuxième porte, ils pénétrèrent dans une salle à manger, à l'ameublement rustique. De larges baies vitrées offraient une vue panoramique sur la vallée et la chaîne de montagnes.

— Comme c'est beau ! s'extasia la jeune femme.

— N'est-ce pas ? Vous allez voir comme c'est agréable de manger dans un tel décor !

A cette heure tardive, la salle était vide. Aussi purent-ils prendre place à la meilleure table, près d'une fenêtre.

Emily s'absorba un instant dans la contemplation du paysage extérieur puis tourna vers Adam un visage rayonnant de bonheur. L'avocat lui rendit son sourire. Comme elle était belle, cet après-midi, avec ses yeux étincelants, son teint éclatant ! Y était-il pour quelque chose ? Cette pensée le remplit d'une étrange tendresse.

Jamais il n'aurait songé tirer un plaisir aussi grand de la fougueuse étreinte qu'ils avaient partagée tout à l'heure. Ce qu'il avait ressenti avait été différent de ce qu'il éprouvait habituellement avec d'autres femmes, unique. Etait-ce la joie non feinte d'Emily qui le lui avait procuré ?

Il était encore stupéfait du comportement passionné qu'elle avait montré, fasciné par sa rapide transformation. D'une jeune femme timide et ingénue, venait de naître une femme merveilleusement sensuelle. L'image d'un papillon sortant de sa chrysalide s'imposa un instant à son esprit.

Comment Emily avait-elle pu enfouir si longtemps en elle un tel appétit de vivre ?

Pour l'heure, la jeune femme consultait attentivement la carte du menu.

— Eh bien ! Il vaut mieux s'abstenir de venir ici lorsque l'on suit un régime !

Adam rit de bon cœur.

— Je le crois, oui. En tout cas, la nourriture est excellente. Je n'ai jamais mangé nulle part ailleurs de meilleures truites.

— Mummm, vous me tentez.

Une fois leurs commandes passées, ils se laissèrent aller un moment dans leurs sièges, une tasse de thé glacé à la main, heureux de se regarder tout simplement.

La table qui les séparait n'était pas bien large et Adam n'eut pas beaucoup à allonger le bras pour prendre la main d'Emily. Seuls dans cette salle chaleureuse, ils se sentaient presque comme au chalet, retranchés du reste du monde.

— Si vous saviez comme je suis content d'être rentré tard au bureau, ce soir-là, et de vous avoir trouvée en train de pleurer, murmura Adam d'un air entendu. Et vous ? Ne regrettez-vous rien ?

La jeune femme secoua la tête.

— Non.

Plus tard, ce serait sans doute différent, pensa-t-elle, mais c'était si loin !

— Avez-vous une meilleure opinion de vous-même, à présent ?

— Oui, je me sens plus normale, moins différente des autres, moins... laide, surtout.

Ces derniers mots, Emily les avait chuchotés, gênée de s'être laissée aller à faire une telle confession.

Adam les entendit quand même.

— Je ne comprends pas. Vous n'êtes pas laide. Vous seriez même plutôt très jolie.

Emily lui sourit timidement.

— Vous le pensez réellement ?

— Bien sûr. Je ne le dirais pas, sinon. Une blonde aux yeux gris, c'est tellement rare ! Vos traits sont fins, délicats, votre bouche appelle les baisers. Quant à vos jambes, elles sont dignes de celles d'une star. Qu'y a-t-il donc qui vous déplaise en vous ?

Abasourdie, Emily l'écoutait brosser ce portrait d'elle-même où elle se reconnaissait si peu.

— Je suis trop grande, trop maigre.

— Bon nombre de femmes vous envieraient votre silhouette.

— J'en doute. Je suis si plate.

— Emily, vous...

— C'est vrai. Ne me faites pas croire que vous ne l'avez pas remarqué.

Une légère rougeur teinta ses joues et elle baissa les yeux sur son assiette. Bientôt, cependant, le besoin de s'épancher, de se libérer enfin de son inhibition, lui fit redresser la tête.

— Quand j'avais dix-sept, dix-huit ans, la petite taille de mes seins me désespérait. J'ai même été assez stupide pour mordre à l'hameçon des publicités prometteuses des magazines. « Améliorez le galbe de votre poitrine », quelle charlatanerie !

Adam lui jeta un regard surpris.

— Qu'avez-vous fait ?

Après une seconde d'hésitation, Emily poursuivit, un sourire désabusé aux lèvres :

— Ma dernière et inutile expérience a consisté à utiliser du miel.

— Organique ?

— Oui, bien sûr.

L'image suggérée troubla vivement l'avocat.

— Emily, vous êtes bien plus jolie ainsi. Une forte poitrine ne conviendrait pas à la morphologie de votre corps. Vos seins sont si beaux, si émouvants. Ils sont juste à la taille de mes mains.

Emily sentit une douce chaleur l'envahir. L'inconvenance de leurs propos, en ce lieu, ne la choquait pas.

— Vous vous sous-estimez, Emily, reprit Adam, en lui embrassant délicatement les doigts. Je peux vous assurer, au contraire, que vous êtes une femme désirable. Ne vous l'ai-je pas prouvé ?

Si désirable qu'il n'aurait plus avec elle aucun rapport intime sitôt le week-end terminé, pensa tristement la jeune femme. Elle chassa avec force cette idée noire. Elle aurait bien le temps, ensuite, de gémir sur son infortune. Pour le moment, il lui fallait rassembler le plus possible de souvenirs merveilleux.

Le bruit d'une porte les fit sursauter.

— Ah, voici notre repas, s'écria Adam.

Il ôta son bras et Emily remit sagement sa main sur ses genoux comme la serveuse approchait.

— Je ne pourrai jamais manger tout cela ! s'exclama-t-elle à la vue du plat copieux qu'on venait de lui servir.

La chair délicate du poisson, les amandes grillées à point et les pommes de terre vapeur, fondantes, aiguisèrent cependant son appétit.

Levant la tête à un moment donné, Emily rencontra le regard d'Adam. Ses yeux luisaient d'un feu sauvage. Il l'observait. La jeune femme sentit les battements de son cœur s'accélérer. Un brusque désir la submergea. Adam l'aimerait-il encore, ce soir ?

— Rassasiée ? lui demanda-t-il.

L'expression sensuelle de son visage avait disparu, comme si Emily l'avait imaginée.

— Oui, pour deux jours au moins.

— Plus besoin de faire les courses, alors, ironisa-t-il.

Il fouilla dans sa poche et en tira une feuille de papier pliée en quatre.

— Bon, il y a de la bière, des jus de fruits, quelques boîtes de conserve et du café. Avec l'humidité de ces derniers temps, il doit être un peu compact, cependant.

Emily le fixa d'un air surpris.

— Mais je croyais que vous aviez dressé une liste de ce qu'il fallait acheter !

— Eh bien, oui, la voici ! fit-il en lui tendant la page. Il m'a semblé plus facile de noter ce qu'il y avait au chalet puisqu'il n'y a pas grand-chose.

La jeune femme éclata de rire.

— Etrange manière de procéder !

— Je mange souvent à l'extérieur, s'excusa l'avocat. Et puis, je ne connaissais pas vos goûts. Quelles sont vos préférences ?

— J'aime tout, généralement. Y a-t-il des spécialités, ici ?

— Le jambon est délicieux, bien meilleur que celui de Virginie, mais ne le dites surtout pas à Larry Sansing !

Sans comprendre son allusion, Emily répondit :

— Va pour le jambon. Nous pourrons faire des sandwichs, ce soir.

Adam acquiesça d'un signe de tête.

— Pour le reste, nous déciderons de visu.

Ils quittèrent le restaurant pour entrer dans l'épicerie attenante.

Faire les courses avait toujours semblé à Emily une tâche fastidieuse. Il n'en fut rien, cette fois. Riant, s'amusant de tout et de rien, ils parcoururent chaque rayon, tendrement enlacés, à l'affût des denrées les plus alléchantes, les plus inattendues. Ce n'était sans doute pas très opérationnel mais quelle importance !

Une fois les provisions chargées dans le coffre de la voiture, ils flânèrent dans les rues, firent du lèche-vitrines. Emily, étonnée par la diversité et l'originalité des objets d'art exposés par les artisans locaux, allait d'une devanture à l'autre, émerveillée.

Adam la suivait, amusé de son intérêt, tirant son bonheur de la joie qui illuminait son visage. Jamais il n'aurait cru Emily capable de tant d'émotions.

Pendant longtemps, elle était restée pour lui une employée modèle, efficace, n'hésitant pas à faire des heures supplémentaires ou à prendre des initiatives. Sa secrétaire semblait un tel roc inébranlable que pas une fois il ne s'était demandé si la force qu'elle affichait était réelle ou si elle masquait, au contraire, des défauts.

Maintenant, il savait qu'elle avait, comme tout être humain, des faiblesses, des réactions incontrôlées. Il l'avait vue pleurer, il l'avait entendue rire, il l'avait sentie vibrer contre son corps. Cette découverte l'avait, en fait, rapproché d'Emily ; elle l'intimidait moins.

En dépit de ses protestations, il lui acheta une jolie figurine de bois sculpté.

— Si, si, j'y tiens, s'écria-t-il. Cela me fait plaisir, c'est tout.

Effectivement. La joie qu'il ressentait à lui

faire ce cadeau, d'ailleurs peu coûteux, était bien supérieure à celle qu'il avait éprouvée lorsqu'il avait offert à Cassie une rivière de diamants. Cette dernière avait pris le bijou comme s'il lui revenait de droit et s'était davantage émue de l'effet qu'il produisait sur sa peau satinée que du geste attentionné de son mari.

Adam ne souhaitait pas de sa part une reconnaissance éperdue. Il aurait cependant espéré un peu plus de..., un peu moins de...

Quel que soit le sentiment qu'il n'arrivait pas à nommer, il n'était pas absent chez Emily. Après sa retenue initiale, elle avait accepté le présent avec transport.

— Merci, balbutia-t-elle. Je le garderai toujours, en souvenir de notre...

Elle ne termina pas. Des larmes perlèrent à ses paupières. D'une voix presque inaudible, elle murmura à nouveau « merci ».

Bouleversé, Adam l'attira à lui et l'embrassa passionnément. Quand il releva la tête, les yeux d'Emily brillaient encore davantage. Ses lèvres étaient entrouvertes, humides.

— Si l'on rentrait ? proposa Adam.

Ils marchèrent vers la voiture. A peine s'étaient-ils assis qu'Adam s'écria :

— Je reviens tout de suite.

Il claqua la portière, escaladant en courant les marches de l'épicerie.

Qu'avaient-ils donc pu oublier de si essentiel ? s'interrogea Emily. Vu la manière désordonnée dont ils avaient fait les courses, cela n'avait rien de surprenant, cependant, elle le vit bientôt ressortir, un petit paquet à la main.

— Qu'avez-vous acheté ? demanda-t-elle incidemment.

— Ah ! ah ! fit-il, l'air malicieux.

Les yeux d'Emily s'agrandirent.
— C'est une surprise ?
— Oui, je l'espère.
— Oh, dites-moi !
Adam se mit à rire.
— Ce ne sera plus une surprise, alors !
La jeune femme n'insista pas. C'était sans doute un dessert, un pot de crème glacée, peut-être.
Dès leur arrivée au chalet, ils rangèrent les provisions dans le réfrigérateur. Adam porta son achat dans la chambre. Ce n'était donc pas de la glace, pensa Emily. Elle haussa les épaules. Bah ! Elle verrait bien, de toute façon.
— Il faut que j'aille fendre du bois, maintenant, annonça Adam, une fois revenu dans le salon.
Devant l'air surpris de la jeune femme, il s'expliqua :
— Les soirées sont encore fraîches, en cette saison. Un feu de cheminée sera le bienvenu.
— Vous savez manier une hache ?
Adam se mit à rire.
— Si je comprends bien, vous ne m'auriez pas imaginé en pionnier ! Je ne connais pas de meilleure activité pour se défouler.
L'avocat marqua un temps d'arrêt. Son visage s'était rembruni.
— Au moment du divorce, je suis venu souvent ici.
— Y avez-vous trouvé un réconfort ?
— Je crois, oui. En tout cas, reprit Adam avec un large sourire, cela a servi à me chauffer, moi et ma famille, pendant deux hivers ! Mais, pour le moment, je compte seulement débiter assez de bois pour la soirée. Voulez-vous m'accompagner ?

— Bien sûr.

Emily le suivit derrière le chalet où se dressait un petit appentis. Adam y prit les outils dont il avait besoin.

La jeune femme grimaça à la vue du merlin.

— Ce doit être très dangereux !

— Effectivement. Mais n'ayez crainte, j'ai l'habitude. Nous allons prendre ce sentier. Il y a, un peu plus loin, un arbre mort que je dois abattre depuis longtemps.

Ils s'enfoncèrent dans la forêt.

Emily regarda Adam travailler puis l'aida, ensuite, à ramener les plus petites branches derrière la maison. Là, subjuguée, elle admira sa force comme il empoignait la hache. L'exercice le mit bientôt en nage et il ôta son sweat-shirt. Ses muscles saillaient sous l'effort. Il était évident maintenant pour Emily qu'Adam n'avait pas acquis sa carrure athlétique au bureau...

— Je compte sur vous pour me masser, tout à l'heure, fit-il soudain.

Parlait-il sérieusement ? Emily frémit de plaisir à cette idée.

Les bûches s'entassaient. Lorsqu'il y en eut suffisamment, Adam les porta à l'intérieur, chargeant Emily de récolter les brindilles pour allumer le feu.

Le soleil se couchait. La jeune femme resta un long moment, sur le seuil de la porte, à regarder les monts se teindre de violet, tandis qu'Adam se douchait.

Il faisait froid, maintenant. Elle rentra, frissonnante.

Le feu crépitait déjà dans la cheminée. Adam était en train de servir l'apéritif. Ils s'installèrent sur le tapis devant l'âtre et trinquèrent.

Emily sentit bien vite une douce chaleur l'envahir. Les pommes de pin qu'Adam avait jetées dans la flambée exhalaient leur odeur résineuse.

Comme c'était bon ! La jeune femme eut soudain conscience de l'intense regard qu'Adam posait sur elle. Les battements de son cœur s'accélérèrent. Etait-il possible qu'Adam la désirât encore ?

Une bûche craqua, libérant une gerbe d'étincelles. Comme s'il avait attendu ce signal, Adam se pencha vers elle. Leurs lèvres se rencontrèrent.

Chapitre 7

Tandis que les lèvres d'Adam emprisonnaient les siennes avec une douceur sauvage, Emily sentit s'évanouir sa dernière étincelle de lucidité. Les baisers faisaient monter en elle une fièvre qui la projetait hors du temps et hors du monde réel.

Comme pour garder un contact avec la réalité, elle se cramponna au doux tissu de la chemise d'Adam. Une impérieuse envie la prit alors d'enfoncer ses doigts dans ses muscles élastiques.

— Souhaitez-vous toujours que je vous masse ? demanda-t-elle, surprise par son audace.

Adam leva vers elle des yeux étincelants.

— Oui, si cela ne vous ennuie pas.

D'un geste, il se mit torse nu puis s'allongea sur le tapis devant le feu.

Emily s'agenouilla près de lui. Elle approcha ses mains à quelques centimètres de son dos, incapable d'aller plus loin. Quelle empruntée elle faisait ! Pourquoi s'être proposée, alors ?

— Allez-y, n'ayez pas peur, l'encouragea Adam.

Emily hésita une dernière fois puis se jeta à l'eau. De ses paumes, elle commença à frotter doucement. Peu à peu, elle prit de l'assurance et ses mouvements se firent plus amples et plus appuyés.

Adam émit un petit grognement.

— Vous ai-je fait mal ? s'inquiéta-t-elle aussitôt.

— Non, c'est bon, au contraire. Continuez.

Avec application, Emily poursuivit sa tâche, s'attardant sur sa nuque, l'attache de ses épaules. N'y tenant plus, elle déposa une myriade de petits baisers sur cette chair si tendre.

— Ah, Emily, vous apprenez vite, gémit Adam.

Il se retourna brusquement sur le dos.

— Côté face, maintenant, s'il vous plaît.

Il la fixait d'un air de défi. Emily balaya du regard la poitrine qui s'affinait doucement vers le ventre plat. Elle suivit de ses doigts le tracé de sa toison soyeuse, massant fermement les muscles puissants qui frémissaient à fleur de peau. Encouragée par l'expression extatique de son visage, elle redoubla d'audace et transforma sa caresse en une délicieuse griffure.

Adam gronda. Il l'attrapa par la taille et l'attira à lui. Loin de se dégager, Emily lui rendit son baiser avec la même fougue.

— A mon tour de vous masser, chuchota Adam d'une voix rauque. Ce sera quelque chose de plus... localisé, ajouta-t-il, l'air malicieux.

Stupéfaite, Emily le vit se relever brusquement puis se diriger vers la chambre à coucher. Il revint presque aussitôt, portant son mystérieux achat de Fender Gap.

— La surprise ? interrogea la jeune femme, de plus en plus intriguée.

— Oui, la surprise.

Il la fit mettre debout et la dénuda entièrement.

— Vous êtes si jolie, Emily, murmura-t-il, fasciné.

Emily n'osait affronter son regard mais elle vit ses mains qui montaient vers elle.

— Je n'aurais jamais dû vous demander d'ôter votre soutien-gorge, poursuivit Adam. Cela m'a troublé tout l'après-midi. Je sentais vos petits seins palpiter sous votre pull-over et mourais d'envie de glisser ma main dessous pour les caresser.

Sa voix était devenue chaude, profonde, sensuelle. Emily ferma les yeux, les sens affolés de plaisir.

— Quand vous m'avez raconté cette histoire de miel sur la poitrine pour la faire grossir, je n'ai plus eu qu'une idée en tête.

La jeune femme battit des paupières. Elle rencontra le regard d'Adam, brûlant de désir.

— Vous... avez acheté du...

— Gagné !

Il extirpa du sac un petit pot de miel. Sans attendre, il l'ouvrit puis, ignorant les protestation d'Emily, enduisit de nectar doré la pointe de ses seins.

Il les happa aussitôt goulûment, les suça comme des bonbons, tandis qu'il caressait de ses doigts le doux renflement de sa poitrine.

Emily crut défaillir de plaisir. Elle gémit. Toute pudeur l'avait abandonnée. Vibrant de tout son être, elle se laissait dériver devant l'océan de sensations merveilleuses que faisait naître sur sa peau la langue un peu râpeuse d'Adam.

Bientôt, son attente fut insupportable et elle noua ses mains autour de son cou, l'attirant contre elle.

Adam comprit son désir et, sans autre préambule, l'aima passionnément. Le plaisir les arracha au présent.

La chaleur cuisante du feu sur leurs peaux nues les incita bientôt à bouger. Ils battirent en retraite dans la salle de bains où ils se lavèrent ensemble dans l'immense baignoire. Adam savonna consciencieusement la poitrine d'Emily pour ôter les dernières traces de miel.

Cet exercice les mit dans un état auquel ils remédièrent aussitôt, insouciants de l'eau qui éclaboussait partout...

Simplement vêtus d'un peignoir, ils allèrent préparer à la cuisine un plateau-repas, puis se réinstallèrent devant le feu.

Ils n'avaient guère le temps de manger, cependant, tant ils avaient de choses à se dire. La conversation glissa bientôt sur leurs connaissances communes.

— Taggart n'est pas à proprement parler un révolté, fit Adam après réflexion.

— Il en a pourtant toutes les caractéristiques, non ?

— Extérieurement, oui. Il est trop blasé, cependant, pour l'être. Il ne s'intéresse à rien.

Emily sourit.

— C'est vrai. Et James ?

— C'est l'extrême. Il poursuit ses idéaux avec zèle, avec fanatisme, même. Il a toujours quelque croisade personnelle en cours. Mais Taggart... Sait-il seulement ce que ce terme signifie ? Se laisser vivre, telle est sa philosophie. Il n'a peut-être pas tort, après tout... En tout cas, il a un cœur d'or. Il est toujours à l'écoute des autres. Et puis, c'est bien le seul de la famille à se rappeler des anniversaires de tout le monde !

— Vous avez un faible pour lui, n'est-ce pas ?

Adam haussa les épaules.

— C'est mon petit frère ! James a seulement un an de moins que moi et entre nous, il y a toujours eu une sorte de compétition ; c'était à qui de nous deux décrocherait le plus de diplômes, donnerait rendez-vous à la plus jolie fille... Ce genre de choses, vous voyez. Avec Taggart, je n'ai jamais eu cet état d'esprit. Je prenais soin de lui, réparais ses jouets, m'accusais même de ses bêtises à sa place. Nos relations ont un peu changé, maintenant, mais c'est toujours à moi qu'il vient s'ouvrir de ses problèmes.

L'avocat eut un sourire attendri.

— Ah, ce Taggart ! En fait, je crois qu'il est né trop tôt ou trop tard. Notre société ne laisse guère de place aux rêveurs de son espèce.

— Votre père n'approuve pas son mode de vie, n'est-ce pas ?

— C'est le moins qu'on puisse dire ! A l'entendre, Taggart est un fainéant, un irresponsable, un parasite. Comment ! Ne pas encore savoir ce que l'on veut à trente-deux ans ?

Adam avait pris un air indigné. Son imitation était si bonne qu'Emily crut voir, l'espace d'une seconde, Leith Marshall en personne. Elle éclata de rire.

— Je les aime bien, tous les deux, reprit l'avocat, mais ils ne se comprennent pas et ne se comprendront sans doute jamais.

— C'est la même chose avec ma tante et ma cousine. Elles sont si différentes ! L'existence est mal faite. C'est plutôt moi qui aurais dû être la fille de Rosemary. Je lui ressemble davantage.

— A ce dragon ? Certainement pas !

Emily s'esclaffa de plus belle.

— Bien sûr, je n'ai pas son intransigeance ni son côté sermonneur, mais nous menons toutes deux plus ou moins le même genre de vie : laborieuse, secrète, tranquille.

— Quelque chose me dit que vous allez bientôt prendre une direction divergente...

Une expression dubitative se lut sur le visage de la jeune femme.

— Jeannette, elle, est remuante, ouverte. En voilà une qui sait profiter du temps qui lui est donné.

— Elle tient plus de votre mère, alors ? Décidément, c'est un véritable chassé-croisé !

Emily se raidit.

— Ma mère, c'est encore autre chose.

— Comment cela ?

— Autant l'extravagance de ma cousine est de bon ton, autant celle de ma mère frise la vulgarité. Elle porte toujours des toilettes tapageuses, se farde trop, parle trop fort.

— A chacun sa manière de s'exprimer.

— Vous êtes indulgent !

— En tout cas, on a peine à croire qu'elle et Rosemary soient sœurs.

— N'est-ce pas ? Je les verrais bien incarner respectivement le vice et la vertu ! En fait, je pense qu'il faut plutôt voir dans l'excentricité de ma mère une sorte d'antidote contre la sévérité outrancière dont faisaient preuve ses parents. Je suis heureuse qu'elle ne se soit pas comportée de même avec moi, même si elle n'a pas été à proprement parler une bonne mère, même si elle me fait un peu honte, parfois. Ma plus grande crainte, quand j'étais enfant, était qu'elle vienne me chercher à la sortie de l'école. Toutes les autres mamans étaient tellement mieux habillées, tellement plus naturelles. En fait, cela s'est produit rarement. Elle était si souvent absente !

C'est pourquoi, quand mon père nous a quittées, je suis allée vivre chez tante Rosemary.

Comme s'il devinait sa mélancolie, Adam la serra contre lui.

— Quel âge aviez-vous alors ?

— Neuf ans, dix ans, je ne me souviens plus exactement. Oh, je n'ai pas été malheureuse. J'étais ravie, au contraire, d'habiter avec Jeannette, d'avoir enfin une sœur avec qui partager mes jeux. Ma mère me manquait, cependant. Les rares moments que nous passions ensemble étaient si drôles. Tandis qu'avec tante Rosemary... Enfin, grâce à elle, j'ai reçu une éducation. Nancy s'est considérablement assagie, aujourd'hui. Je ne dirais pas qu'elle est devenue sédentaire, mais presque. En tout cas, elle n'a pas changé de travail depuis ces cinq dernières années.

— Est-ce parce que vous avez été longtemps privée de votre mère que vous continuez de vivre avec elle ?

— Sans doute. Aussi pour des raisons économiques.

Emily haussa les épaules.

— Tout se passait bien, au début. Depuis l'arrivée de Rosemary, c'est différent. Ma mère et elle se querellent sans cesse.

— Servez-vous d'arbitre ?

— Mon Dieu, non ! Leurs disputes pimentent leur vie, en fait. Chacune y retrouve son compte : Maman redouble de bizarrerie et tante Rosemary peut satisfaire son besoin de gourmander quelqu'un.

— N'envisagez-vous pas de prendre un logement indépendant ?

— Si, j'y pense même fortement. Les interrogatoires de ma tante et les questions indiscrètes de ma mère m'insupportent de plus en plus. Et puis, Nancy s'en sort bien, maintenant, sur le plan financier.

— Une chose est sûre : je ne pourrais plus habiter chez mes parents.

— Tiens ! Je croyais que vous vous entendiez bien avec votre père ?

— Au bureau, oui, parce qu'il me traite en adulte, en être responsable. Chez lui, c'est différent. Il reprend son rôle de patriarche. Ma mère est encore plus irritante. Elle ressasse toujours les mêmes choses, mon divorce, entre autres. Quand Cassie m'a jeté dehors, je suis revenu loger chez eux mais n'ai pas tenu plus de trois jours. J'ai pris une chambre à l'hôtel en attendant de trouver un appartement.

A la mention de ce nom abhorré, Emily sentit son cœur se serrer. Jamais elle ne pardonnerait à cette... écervelée les souffrances qu'elle avait infligées à Adam. Ce dernier n'en était pas encore remis, d'ailleurs. Bien sûr, il avait connu d'autres femmes, Emily l'avait appris par des cancans de bureau, mais ces liaisons n'avaient été pour lui que des aventures sans lendemain. N'était-ce pas la preuve qu'Adam aimait toujours Cassie, qu'il était encore sous le charme de sa fulgurante beauté ?

C'est vrai qu'elle était belle ! Lorsqu'elle rendait visite à son mari à son cabinet, au tout début, Emily en avait le souffle coupé. Encore moins que toute autre, elle n'eût osé se mesurer à elle.

— Je sais combien cette période a été dure pour vous, avança-t-elle prudemment dans l'espoir de recevoir ses confidences.

L'entendre parler de son ex-femme ne l'intéressait pas. Ce qu'elle souhaitait, c'était connaître ses sentiments, ausculter son cœur.

Le visage de l'avocat s'était rembruni.

— Oui, je ne suis pas près d'oublier ce fameux soir. J'étais rentré tard du bureau, comme d'habitude. Il devait être 21 heures. Je me réjouissais de retrouver Cassie. Elle aussi avait été très occupée, tous ces derniers temps. Maintenant, je sais à quoi, fit-il d'un ton amer. Elle était plus belle que jamais, ce soir-là. Je me suis avancé vers elle, brûlant de désir. L'embrasser, la serrer dans mes bras, voilà ce que j'avais en tête. C'est alors qu'elle m'a froidement annoncé son intention de divorcer. Elle m'a demandé également de lui laisser la maison. J'en avais une, de toute manière, ironisa-t-elle : « Marshall, Pierson, Tidrell et Sommers ». N'était-ce pas là que je passais le plus clair de mon temps ?

Adam eut un sourire désabusé.

— C'est ce que j'ai fait, en fait, ensuite. Vous êtes bien placée pour le savoir pour m'avoir trouvé plus d'une fois endormi dans mon fauteuil.

Trop émue pour parler, Emily acquiesça d'un signe de tête.

— Votre discrétion, votre sollicitude muette m'ont été une aide inappréciable. C'est curieux, non ? Ce n'est pas de ma famille, mais de ma secrétaire que j'ai recueilli le plus grand réconfort.

Un tressaillement parcourut la jeune femme. Comment se justifier ?

— N'importe qui aurait agi de même, à ma place.

Adam l'enlaça étroitement.

— Non, je ne le pense pas. Jamais vous ne m'avez brusqué ou importuné au plus fort de ma douleur. Jamais non plus vous n'avez souri de mon infortune.

Emily comprit alors pourquoi Adam lui avait offert ce week-end. C'était sa manière à lui de s'acquitter de la dette de reconnaissance qu'il avait envers elle. Jeannette s'était trompée. Adam n'éprouvait rien à son égard. Il était seulement loyal. Voilà, maintenant, ils étaient quittes. Ils n'avaient plus aucune raison d'entretenir de rapports extra-professionnels.

Elle sentit une grosse boule de sanglots monter dans sa gorge. De toutes ses forces, elle la repoussa. Pour le moment, Adam était là, pour elle seule. Q'importe le motif !

Emily s'éveilla le lendemain matin sous les baisers d'Adam. Le soleil inondait la pièce. Il devait être tard. La notion du temps lui échappa bien vite, cependant. Les mains d'Adam évoluaient lentement, voluptueusement sur son corps, dessinant des arabesques de feu sur sa peau satinée, explorant ses mille secrets, éveillant en elle les sensations les plus folles.

De caresse en caresse, il la fit chavirer dans l'océan tumultueux du plaisir et, unis par la force de leur désir, un même tourbillon les emporta vers l'extase.

Ils restèrent un long moment sans bouger, étroitement enlacés.

C'était la dernière fois qu'elle connaissait un tel bonheur, pensa Emily. Cette prise de conscience ne suffit pas cependant à étouffer l'immense joie qui dilatait son cœur.

Après un copieux petit déjeuner — plutôt un déjeuner, étant donné l'heure — ils sortirent pour une promenade. Adam tenait à montrer à Emily les coins favoris de « sa montagne ».

Ils franchirent des ruisseaux, escaladèrent des rochers. Les pâturages étaient parsemés de narcisses sauvages qui embaumaient l'air. Emily en fit un bouquet.

Tout aurait été parfait si seulement le temps ne s'écoulait pas si vite.

En passant près d'un petit lac, ils s'amusèrent à faire des ricochets mais le cœur n'y était plus. Il fallait songer à rentrer.

De retour au chalet, ils rangèrent sans un mot les pièces, fermèrent les volets et bouclèrent leurs bagages. Adam alla les porter dans le coffre de la voiture. Ils se regardèrent, alors, hésitants.

L'avocat attira soudain la jeune femme dans ses bras.

— Une dernière fois, murmura-t-il en l'entraînant dans la chambre.

Trois heures plus tard, la BMW d'Adam entrait dans Winston-Salem. La ville parut étrange à Emily. C'était comme si elle avait été absente pendant plusieurs mois. Elle ne reconnaissait plus rien. Pourtant, chaque chose était à sa place.

Adam la conduisit chez sa cousine. Affronter les questions amicales de Jeannette sembla à Emily au-dessus de ses forces. Aussi décida-t-elle de repartir directement chez elle. Elle n'avait qu'une envie : pleurer.

Elle agrippa la poignée de la portière.

— Bon, eh bien... voilà. Je ne sais comment...

— Ne me remerciez pas, fit Adam d'une voix basse. Vous n'avez pas à le faire. Je vais sortir votre sac.

Il descendit de voiture et prit son bagage dans le coffre. Emily avait déjà ses clefs à la main.

Ils restèrent un long moment à se regarder

sans rien dire, extrêmement gênés. Comment terminer ce week-end de manière appropriée ?

Après les nombreuses étreintes qu'ils avaient partagées durant ces deux jours, ils auraient pu au moins s'embrasser, se serrer l'un contre l'autre. Ils n'en firent rien. L'enchantement était brisé, ils avaient repris pied dans la réalité.

Adam s'avança finalement vers Emily pour déposer sur son front un chaste baiser. La jeune femme demeura de marbre.

Un peu découragé, l'avocat fit demi-tour. Quand il se retourna, Emily était déjà installée dans sa voiture. Une immense déception le submergea. Comment ? Elle partait sans un au revoir, sans un dernier regard, comme s'il n'y avait plus rien entre eux ?

N'était-ce pas la vérité pourtant ? Que représentait-il pour elle, sinon sa première expérience de l'amour ? Le contrat avait été rempli. L'affaire était classée...

— A demain, dit-il en se dirigeant vers son véhicule.

Chapitre 8

Emily aimait Adam depuis si longtemps sans espoir qu'elle avait pensé pouvoir supporter facilement la douleur de le perdre presque aussitôt l'avoir conquis. Elle s'aperçut malheureusement qu'il n'en était rien.

De retour chez elle, elle monta directement dans sa chambre, s'enferma à double tour et se jeta sur le lit, en larmes.

Comment revenir au bureau, demain, et affronter le regard d'Adam ? Comment prétendre que rien ne s'était passé entre eux alors qu'elle gardait dans son corps l'empreinte vibrante du plaisir qu'il lui avait procuré ?

Qu'elle avait été stupide d'accepter les termes de ce contrat ! Bien sûr, elle était un peu excusable. Ignorant tout des choses de l'amour, comment aurait-elle pu supposer que les caresses d'Adam la plongeraient dans une telle ivresse ?

Dans le cadre du chalet, la découverte qu'ils avaient faite l'un de l'autre avait été grisante ; dans celui du bureau, elle devenait gênante. Comment travailler en effet, avec Adam, en ayant sans cesse présents à l'esprit son visage bouleversé par la passion, ses gémissements de plaisir ? N'allongerait-elle pas spontanément le bras pour lui presser la main ?

Quant à elle... Ce serait une véritable torture que de le côtoyer quotidiennement sans espérer de lui un seul effleurement. Durant ces deux jours, elle s'était accoutumée à ses baisers comme à une drogue.

Hélas, trois fois hélas! Il ne lui restait plus qu'une chose à faire : se désintoxiquer!

Elle s'endormit tôt, ce soir-là, brisée par la fatigue et les émotions. Son sommeil agité ne dissipa point sa douleur et son appréhension de revoir Adam et elle se réveilla, le lendemain matin, habitée par le même mal de vivre.

Un autre sentiment s'était fait jour, cependant, dans son cœur : l'assurance d'être une femme à part entière. Adam l'avait désirée. Elle avait été aimée. Rien ni personne ne pourrait jamais changer cela.

Elle avait enfin l'impression de s'être évadée de la coquille qui la retenait prisonnière, d'être sortie de sa longue léthargie.

Sa renaissance transparaissait-elle sur son visage? Emily s'observa attentivement devant la glace. Elle avait le teint moins pâle. Ses yeux brillaient d'un éclat plus grand. Jusqu'à sa silhouette qui semblait avoir embelli!

Comme elle nouait ses cheveux plats, la jeune femme grimaça. Jeannette avait peut-être raison, en fin de compte. Et si elle changeait de coiffure? Elle ne risquait pas grand-chose d'essayer, simplement d'attendre que sa chevelure repousse si sa nouvelle physionomie ne lui plaisait pas.

Cette pensée en tête, Emily ouvrit sa penderie et passa ses vêtements en revue. Comme ils étaient laids, tristes! Elle n'en trouva aucun qui sortait du lot. C'était démoralisant! Elle se souvint alors de ne pas avoir porté toutes les affaires que sa cousine lui avaient prêtées pour le week-end. Les jeans étaient un peu trop décontractés pour le bureau mais elle pouvait très bien mettre ce joli corsage rose avec son tailleur beige.

L'ensemble était plus heureux qu'avec le chemisier marron qu'elle revêtait habituellement, mais ce n'était pas encore ça. Peut-être que sans la veste... ? Voilà qui était mieux. Un médaillon en émail, cadeau de Jeannette pour le dernier Noël, vint compléter avantageusement sa toilette.

Emily ne garda pas longtemps son sourire satisfait. Ses mocassins, confortables, certes, étaient si peu élégants ! Elle décida d'acheter, le jour même, durant son heure de déjeuner, des sandales. Avec les beaux jours, cela s'imposait, de toute manière.

Quand elle descendit pour le petit déjeuner, sa mère et sa tante avaient déjà commencé à manger. Maintenant qu'elle se maquillait, il lui faudrait se lever plus tôt, songea la jeune femme.

— Oh, Emily, tu es ravissante ! s'exclama Nancy à son entrée dans la cuisine.

— Tu trouves ? Merci.

Emily prit place aux côtés des deux sœurs et se servit, sans attendre, une tasse de café et une portion d'œufs brouillés.

Rosemary l'enveloppa d'un regard insistant.

— Je ne t'avais encore jamais vu ce chemisier. Il est neuf ?

— Non, il appartient à Jeannette. Elle me l'a prêté pour quelques jours.

— Cette couleur te va bien, reprit Nancy. L'ensemble que tu portais, lorsque tu es sortie l'autre soir avec Adam Marshall, était également très joli.

Incidemment, elle poursuivit :

— Alors, et ce week-end ?

Emily détourna rapidement la tête. Sa mère la soupçonnait-elle d'avoir passé ces deux jours en compagnie d'Adam ?

— C'était très bien, répondit-elle évasivement.

Rosemary s'en mêla.

— Nous espérions que tu nous le raconterais, hier soir, mais tu n'es pas sortie de ta chambre.

— J'étais fatiguée.

— Forcément. Quelle idée aussi de courir les magasins à longueur de journée. C'est bien de Jeannette !

— Cela valait le coup. Elle a déniché des meubles à bon prix.

— Je me demande vraiment où elle peut les mettre dans son appartement grand comme un mouchoir de poche !

Emily haussa les épaules.

— Elle a simplement acheté une table gigogne et un rocking-chair pour sa chambre.

Comme il est facile de mentir, découvrit Emily, lorsque l'on a commencé ! Par bonheur, Rosemary ne se rendait que très rarement chez sa fille.

— Et avec Adam ? Comment était-ce ? interrogea Nancy.

Emily faillit avaler de travers.

— Pardon ?

— Eh bien, oui, je n'ai rien su de ta soirée avec lui. Tu es partie si tôt, samedi matin.

— C'était... très bien aussi. Nous sommes allés danser après dîner.

— Oh ! C'est merveilleux ! Crois-tu que...

Sachant d'avance où sa mère voulait en venir, Emily l'interrompit :

— Mais non ! C'était un repas d'affaires.

— Qui se termine au night-club ? Curieux ! répliqua Nancy, l'air sceptique.

— Adam est très gentil. Il a tout simplement tenu à me remercier pour avoir travaillé si dur à son dernier procès.

— N'était-ce pas déjà pour la même raison, l'autre fois ? intervint Rosemary.

Avant que sa nièce ait pu répondre quoi que ce soit, elle poursuivit :

— Emily, je ne pense pas que ce soit une bonne chose de sortir avec son patron. Tu n'as rien à y gagner, que des ennuis.

— Oh, ne sois pas si vieux jeu, intervint Nancy.

Sa sœur la fusilla du regard.

— Qui te parle de morale ? Je défends les intérêts d'Emily, un point c'est tout.

— Maman, tante Rosemary ! s'écria Emily au comble de l'exaspération. Cette discussion est sans objet. Ce sont mes affaires et non les vôtres. D'accord ?

Les deux femmes restèrent bouche bée. Emily se sentit rougir. Il était rare qu'elle les remette à leur place, même si elle mourait d'envie, la plupart du temps, de le faire, mais elle n'en pouvait plus de les voir s'immiscer dans sa vie privée.

Elle quitta la maison, résolue à entamer dès aujourd'hui des recherches pour trouver un logement indépendant. Au fur et à mesure qu'elle approchait de son lieu de travail, ce problème devint cependant le moindre de ses soucis.

Comment faire face à Adam ? Que dire ? Elle

s'avança dans le hall, les jambes tremblantes, le cœur battant à tout rompre.

Le bureau de l'avocat était toujours plongé dans l'obscurité. Emily en éprouva un tel soulagement qu'elle oublia, sur l'instant, qu'il ne s'agissait que d'un répit. Machinalement, elle retrouva ses gestes quotidiens : elle brancha son traitement de texte, sortit ses disquettes et ses dossiers. Sa concentration ne suivit pas, hélas ! Le moindre bruit dans le couloir la faisait sursauter.

Lorsqu'elle perçut, au loin, le rire d'Adam, elle sentit son sang se glacer dans ses veines. Il n'était pas seul. Quelqu'un lui répondait. Les deux voix se rapprochèrent.

— ... Qu'aurais-tu fait à ma place ? Tu connais Ingram, n'est-ce pas ?

— Oh que oui ! Qu'as-tu décidé, en fin de compte ?

— Eh bien, je...

Emily entendit alors le clic d'une porte qui se referme, puis ce fut le silence. Adam avait conduit directement son visiteur dans son cabinet.

Puisse son rendez-vous durer toute la matinée ! espéra la jeune femme. Son attention augmenta sensiblement. Elle se mit à l'ouvrage.

Adam avait rencontré sans enthousiasme Larry Sansing au sortir de l'ascenseur. Le conseiller juridique de la firme Contelco, cliente privilégiée de « Marshall, Pierson, Tidrell et Sommers », était compétent et sympathique. Adam avait plaisir à travailler avec lui.

Ce matin, cependant, il ne put se défendre d'un mouvement d'humeur à sa vue. Son projet de passer un moment avec Emily, de boire un café avec elle tout en discutant du planning de la semaine, tombait à l'eau.

Pourtant, il aurait dû être ravi de ce contretemps. Il se sentait un peu nerveux, en effet, à l'idée de la revoir, ne sachant pas trop quelle attitude adopter. Mais son désir de la retrouver était aussi grand que son embarras. Ne s'était-il pas pris à regretter son absence dès leur séparation, la veille au soir ?

Il fit entrer Larry Sansing dans son cabinet, espérant qu'il ne le retiendrait pas trop longtemps. Le volumineux dossier qu'il portait n'augurait cependant rien de bon. Effectivement, le conseiller juridique resta jusqu'à midi puis convia Adam à déjeuner.

L'avocat n'osa refuser, de peur de le vexer. Il aurait pourtant préféré manger un sandwich sur place pour récupérer son retard. Par ailleurs, il n'avait toujours pas vu Emily. Elle était là, de toute évidence, s'il en jugeait par le silence de son téléphone.

— D'accord, répondit-il. Je te demande juste une minute, le temps de passer chez ma secrétaire prendre mon courrier.

A son arrivée dans son bureau, Emily, surprise, lui adressa un sourire resplendissant. Fortement troublé, Adam en oublia ce qu'il comptait lui dire.

Ce fut Emily qui parla la première.

— Bonjour Adam, bonjour Monsieur Sansing, ajouta-t-elle à l'adresse de Larry qui venait de pénétrer à son tour dans la pièce.

Le regard stupéfait que ce dernier lança à la jeune femme n'échappa pas à Adam. Lui-même, bien qu'il ait eu l'occasion, durant ces deux derniers jours, de la contempler à loisir, n'en revenait pas de sa métamorphose. Un extraordinaire rayonnement émanait de tout son être.

Etait-ce le résultat de leur amour ? A nouveau une vive émotion étreignit l'avocat.

— Euh... Emily, je sors déjeuner avec Larry. Je ne serai pas long. Des messages ?

— Rien qui ne puisse attendre.

— Bon, très bien. A tout à l'heure.

Comment lui parler en présence de Larry ? Du moins, avaient-ils passé le cap difficile en réussissant à se dire les mots de tous les jours. Le reste suivrait automatiquement, pensa Adam, confiant.

Comme ils se dirigeaient vers l'ascenseur, Larry demanda :

— S'agit-il toujours de la même Emily ?

— Evidemment !

— Que lui est-il arrivé ?

— Rien. Pourquoi ?

Non, il ne lui était rien arrivé, excepté... un week-end entre ses bras...

— Je ne me rappelle plus exactement comment elle était auparavant, mais une chose est sûre, elle n'était pas jolie. Cette fille l'est.

Cette conversation, sans qu'il comprenne bien pourquoi, irrita Adam au plus haut point.

— Et Catherine ? s'empressa-t-il de rétorquer. Est-elle toujours la dame de tes pensées ?

Emily, une fois seule dans son bureau, se renversa dans son siège en poussant un profond soupir. Quelle idiote elle avait été d'adresser un sourire si peu professionnel à Adam ! Mais sa venue l'avait tellement prise au dépourvu que son premier réflexe avait été de se comporter avec lui comme la veille et l'avant-veille.

Qu'avait dû croire Adam ? Qu'elle essayait de prolonger les effets du contrat ?

Elle décida de s'arrêter. Ses nerfs avaient été mis à rude épreuve et elle se sentait incapable de travailler plus longtemps. Peut-être qu'après une coupure elle y parviendrait davantage. Et puis, elle avait hâte d'aller courir les magasins.

Elle trouva tout de suite des sandales à son goût et utilisa le reste de son temps libre à essayer des vêtements.

Par rapport à sa garde-robe actuelle, ils étaient tous si séduisants qu'elle eut du mal à limiter ses choix. Elle opta finalement pour trois tenues : une robe de bain de soleil à fines rayures, une jupe ample d'un magnifique coloris turquoise et un romantique chemisier de coton blanc.

De retour au bureau, elle appela Jeannette.

La voix de sa cousine résonna bruyamment dans l'appareil.

— Emily ! Pourquoi n'es-tu pas entrée, hier soir ? Je mourais d'envie d'apprendre comment ton week-end s'était passé ?

— Ce n'était pas... racontable !

— Oh ! Je suis si heureuse pour toi !

— Hélas, c'est terminé, maintenant.

— Qu'en sais-tu ?

— Mais puisque c'était convenu au départ ! répliqua Emily, un peu exaspérée. Je n'ai rien à espérer, rien. Mais ce n'est pas pour cela que je t'appelais.

— Oui ?

— Tu te souviens de ce que tu m'avais dit au sujet de mes cheveux ?

— Te serais-tu enfin décidée à suivre mon conseil ?

— Je crois, oui, du moins en ce qui concerne la coupe. As-tu un coiffeur à me recommander ?

— Bien sûr, le mien. Je vais te prendre directement un rendez-vous, ce sera plus pratique. Quand peux-tu ?

— Le soir ou le samedi.

— J'insisterai pour qu'il te reçoive cette semaine. Le plus tôt sera le mieux. Tu risquerais de changer d'avis, sinon.

— Cela m'étonnerait.

Emily marqua un temps d'arrêt avant d'ajouter :

— Je me suis acheté des vêtements à midi.

L'exclamation à l'autre bout de la ligne fut si forte que la jeune femme écarta précipitamment l'écouteur de son oreille.

— Eh bien, cet homme a eu un effet considérable sur toi !

— Sans doute. Ma garde-robe m'a semblé si affreuse, ce matin, au réveil.

— Ecoute, si tu venais chez moi, ce soir ? J'ai une tonne de vêtements que je n'utilise plus. Ils t'iraient à merveille !

— Pourquoi ne pas continuer à les mettre, alors ?

— Oh, tu me connais. Quand je porte trois fois de suite la même chose, j'en ai assez. De toute façon, si rien ne te plaît, je te ferai bénéficier du rabais auquel j'ai droit en tant qu'acheteuse.

N'ai-je pas déjà dépensé plus d'argent en une journée que durant toute une saison ? pensa Emily. Bah ! Avec toutes les économies que j'ai réalisées sur ce chapitre depuis des années, il est juste que je me rattrape !

— D'accord. Quand je serai ruinée, je te les revendrai.

Jeannette s'esclaffa.

— Je me demande si on ne m'a pas changé ma cousine ! Bon, il faut que je te quitte. J'ai du travail en retard. A ce soir. N'oublie pas, surtout.

— Non, non. Bonne journée.

C'est vrai qu'elle avait changé, songea Emily, perplexe, en raccrochant. Elle-même ne se reconnaissait plus. La nouvelle personne qu'elle était devenue lui plaisait cependant bien davantage !

Adam arriva peu après. Emily, qui l'avait entendu, cette fois, eut le temps de se composer un visage strictement professionnel.

La neutralité de son accueil dérouta l'avocat. Il était venu dans l'intention de bavarder mais ne savait que dire, maintenant. Déjà, Emily lui tournait le dos, fixant l'écran de son traitement de texte.

Il prit sur son bureau les messages qui lui étaient destinés puis balbutia :

— Euh... pourriez-vous m'appeler Carey Browder, s'il vous plaît ? J'ai besoin de le voir d'urgence, cet après-midi, si possible.

Emily consulta son agenda.

— Vous avez déjà un rendez-vous à 16 heures.

— 16 heures ? Qui est-ce ?

— Amanda Ritter, la fille de Mme Wheeler.

— Ah oui, c'est vrai ! Il faut absolument que je reçoive Carey Browder avant, alors. Dites-lui que c'est de la plus haute importance pour lui.

Emily le regardait d'un œil agrandi par la curiosité. Adam réfréna son envie de se pencher vers elle pour l'embrasser. Comme l'on prend vite de douces habitudes en deux jours de vie commune !

— De quoi s'agit-il ? demanda-t-elle finalement.

— D'une nouvelle qui va faire grand bruit

dans toute la ville. Larry Sansing me l'a apprise, ce matin.

— Oh, ne me faites pas languir davantage.

Adam prit une chaise et se campa dessus, à califourchon, en face d'Emily. De son bras tendu, il poussa la porte.

Cette précaution, dans un lieu où tous les employés étaient tenus au secret professionnel, amusa la jeune femme.

— Eh bien, vous m'intriguez !

— Les autorités l'arrêtent cet après-midi, annonça l'avocat d'un ton confidentiel.

— Qui cela ?

— Jack Larson.

Les yeux d'Emily s'agrandirent encore.

— Jack Larson ? De la Contelco ?

Adam acquiesça d'un signe de tête.

— Eh oui, le vice-président en personne.

— Et pour quelle raison ?

— Agiotage, spéculation boursière, si vous préférez. La Contelco était sur le point de racheter une firme dont la santé n'était guère florissante. Jack a monnayé l'information à un agent de change qui a alors pris des actions dans cette compagnie pour plusieurs de ses clients. Bien sûr, quand la nouvelle de la vente a été connue, la valeur de ces titres s'est mise à grimper en flèche. C'est une pure escroquerie.

— Jack Larson ! C'est incroyable !

— N'est-ce pas ? Un si bon paroissien, père de famille et notable de la ville, de surcroît ! Il siège au conseil d'administration de deux banques. Par chance, il ne s'agit pas de L'*Allied Central Bank !* Mon oncle en aurait eu une crise cardiaque, sinon ! Mme Larson, quant à elle, s'occupe activement d'institutions de bienfaisance.

— Mais alors, pourquoi ?

Adam haussa les épaules.

— Comment savoir ? Il est dur d'imaginer qu'une telle famille ait des problèmes financiers !

— Que va-t-il se passer ?

— C'est la Commission des Opérations en Bourse qui se charge généralement de ce genre d'affaire.

— Une chose m'échappe. Pourquoi y êtes-vous impliqué ? Cela relève du droit pénal, non ?

— C'est exact. La Contelco souhaite cependant poursuivre Larson au civil. Elle a subi un important préjudice, dans cette histoire, et réclame des dommages et intérêts, d'où mon intervention. D'ailleurs, il faut s'attendre également à des plaintes de la part des actionnaires. Après tout, toute société est moralement responsable de ses employés.

L'air sceptique, Emily répéta une seconde fois :

— Tout de même, c'est incroyable !

— Vous ne serez pas la seule à tomber de haut, j'en suis sûr.

— Pauvre Mme Larson ! Elle n'était sans doute pas au courant des turpitudes de son mari. Sa vie est brisée, maintenant.

Adam lui pressa la main.

— Vous avez le cœur trop tendre pour travailler dans un cabinet juridique, murmura-t-il.

Le contact de ses doigts fit à Emily l'effet d'une décharge électrique. Un flot de passion la submergea ; elle mourait d'envie de répondre à cette troublante pression.

Non, c'était fini, bien fini. Elle devait s'interdire tout geste équivoque, sous peine de perdre complètement Adam, cette fois. Elle ôta sa main, reculant son siège à une distance respectable.

L'exaltation qu'Adam avait ressentie à parler avec la jeune femme, s'évanouit à la vue de la barrière qu'elle avait mise entre eux. Il fixa d'un air stupéfait les messages qu'il avait pris sur son bureau.

— Bon, je ferais bien de répondre à tout ceci, murmura-t-il d'unc voix basse.

Lentement, il se dirigea vers la porte.

— N'oubliez pas d'appeler Carey, ajouta-t-il avant de sortir.

N'était-ce qu'une impression? Emily aurait juré qu'il aurait voulu dire autre chose.

Elle ne le revit pas de l'après-midi, ce jour-là. Ses deux rendez-vous l'accaparèrent entièrement. La jeune femme retarda au maximum son départ du bureau, dans l'espoir de lui dire au moins au revoir, mais elle dut y renoncer. Jeannette l'attendait, et puis... à quoi bon! N'avait-elle pas décidé de tout oublier?

Les deux cousines dînèrent d'une salade et de sandwichs avant d'inventorier les vêtements que Jeannette n'utilisait plus.

Bientôt, Emily se retrouva propriétaire de sept nouvelles robes pour le bureau ainsi que de pantalons et de hauts assortis plus décontractés pour les vacances. Jeannette tint même à lui faire accepter un merveilleux fourreau de soie rose, élégant en diable.

— Mais je n'aurai jamais l'occasion de le porter, protesta Emily.

— Qu'en sais-tu? Tu ne peux pas prévoir. De toute manière, il est bon d'avoir une tenue de soirée. Ah, pendant que j'y pense, tu as rendez-vous chez le coiffeur, mercredi à 18 heures. Voici la carte de Randall. Ne traîne pas au bureau. Il a horreur des retardataires, surtout le soir.

— Merci, répondit Emily. C'est curieux, mais

je me sens aussi surexcitée qu'un enfant à l'approche de Noël. Jamais je n'avais encore éprouvé une telle joie à essayer des vêtements. J'ai l'impression d'être bouillonnante de vie et pourtant... je suis en même temps si malheureuse !

Jeannette lui prit tendrement les mains.

— Béni soit cet Adam Marshall qui t'a enfin fait sortir de ton cocon ! Le plus drôle est qu'il ne doit même pas en avoir conscience.

— Je suis même certaine qu'il ne pense déjà plus à ce week-end, murmura tristement Emily.

Emily se trompait. Adam Marshall n'avait pas oublié ces deux jours. Il y songeait même bien plus qu'il ne l'aurait souhaité, prenant plaisir à se les remémorer dans les moindres détails, allant jusqu'à imaginer des scènes qui n'avaient pas existé, à les transposer dans un autre décor.

Emily occupait toutes ses pensées, que ce soit au bureau, dans la journée, ou chez lui, le soir. Elle l'empêchait de travailler, troublait son sommeil et plus le temps passait, pire c'était.

Lui qui n'avait jamais prêté la moindre attention à son habillement, auparavant, notait avec intérêt ses nouvelles tenues. C'était toujours de merveilleux vêtements, dans les coloris pastel, qui soulignaient à la perfection sa silhouette. Tous les jours, sous des prétextes variés, il se rendait dans son bureau pour vérifier certains détails de sa toilette qui lui auraient échappé.

Puis, un matin, il la vit arriver au bureau, coiffée différemment. Ses cheveux, coupés en dégradé, avaient été assouplis et encadraient maintenant parfaitement l'ovale de son visage. Jamais elle n'avait été aussi belle, aussi féminine.

Adam sentit le désir de l'embrasser le tenailler encore plus furieusement que d'habitude. Il n'avait plus qu'une idée en tête : s'enfermer avec elle dans son bureau, oublier tout le reste.

Il ne le fit pas, bien sûr. Après tout, c'était lui qui avait arrêté les termes du contrat. Ne s'étaient-ils pas mutuellement engagés à reprendre leur ancienne relation ?

L'observation de cet arrangement ne semblait poser à Emily aucun problème. Rien n'avait changé dans son comportement. Elle était toujours la même collaboratrice, efficace, dévouée.

Adam trouvait son attitude très irritante. Comment pouvait-elle rester si distante ? Comment pouvait-elle passer si rapidement des hauteurs vertigineuses de leur amour à son rôle placide de secrétaire ? A la voir, à présent, jamais on n'aurait supposé qu'elle s'était cambrée de plaisir sous lui, qu'elle l'avait étreint avec passion, qu'elle avait gémi en murmurant son nom, qu'elle avait parcouru de ses mains tout son corps.

Comment pouvait-elle le traiter de manière si impersonnelle ?

La réponse, malheureusement, était évidente. Maintenant qu'il avait rempli sa fonction, il ne l'intéressait plus. D'ailleurs, mais cette pensée ne le consolait guère, il en aurait été de même avec n'importe quel autre homme qui se serait chargé de son éducation amoureuse !

La seule chose raisonnable qui lui restait donc à faire était de l'oublier. Les liaisons de bureau, en outre, se terminaient toujours lamentablement. Il y avait des précédents dans la société.

S'il la poursuivait de ses assiduités, Emily se sentirait obligée de lui céder parce qu'il était son supérieur hiérarchique. Il ne saurait alors jamais, s'il la tenait à nouveau dans ses bras, si elle avait accepté ou non de son plein gré. Ce serait insupportable.

Et puis, cette pression, imaginaire ou pas, mise à part, leur relation de travail s'en trouverait forcément affectée. Ils ne se comporteraient plus en tant que patron et secrétaire mais en tant qu'amants. Adam n'oserait plus corriger les erreurs de frappe d'Emily de peur de la vexer ; il aurait peur de la fatiguer en lui demandant de rester travailler plus longtemps. Quant à Emily, elle pourrait se tuer à la tâche pour lui plaire ou, au contraire, se relâcher puisque Adam, épris d'elle, ne lui reprocherait plus rien.

Le pire serait quand leur liaison prendrait fin. Dans ces cas-là, il y en a toujours un qui en a assez avant l'autre. Alors s'ensuivrait le conflit habituel avec ses crises de larmes, ses éclats de voix, avec son cortège de mauvais sentiments tels que la mesquinerie, la rancœur.

Ce genre de situation, déjà difficile à vivre dans un lieu neutre, serait carrément insupportable dans le cadre d'une entreprise. Ils en arriveraient à regretter de s'être rencontrés, ce qui rendrait tout travail entre eux impossible. Emily serait obligée de démissionner ou, dans le meilleur des cas, serait mutée dans le service d'un autre avocat. Et cela, Adam ne le voulait pas. Jamais il ne retrouverait une aussi bonne collaboratrice, une si fidèle amie.

Il n'avait donc qu'un parti à prendre : calquer son attitude sur celle d'Emily, éteindre ailleurs le feu de sa passion. N'était-ce pas d'ailleurs ce qu'il avait toujours fait depuis son divorce ? Eh bien, il continuerait.

Si seulement ce n'était pas si difficile !

Chapitre 9

Emily n'aurait jamais pensé devenir si populaire avec sa nouvelle coupe de cheveux. Quand elle était sortie de chez le coiffeur, elle s'était trouvée plus jolie mais ne faisait, cependant, pas suffisamment confiance à son jugement personnel pour en être certaine.

Et si on allait se moquer d'elle, la critiquer? Aussi fut-ce avec appréhension qu'elle se rendit au travail, le lendemain.

Dans le regard des deux premières personnes qu'elle croisa dans le hall, elle ne lut ni horreur ni désapprobation, mais au contraire une vive admiration. Elle n'était pas dans son bureau depuis dix minutes que la moitié des secrétaires de l'étage vinrent la trouver. Toutes furent unanimes : elle était ravissante.

Curieusement, au cours de la journée, des avocats qu'elle n'avait pas l'habitude de voir, s'arrêtèrent chez elle pour demander si Adam était là ou lui laisser un message. Parmi eux, deux restèrent quelques minutes à bavarder avec elle.

Et ce n'était pas tout! Un comptable, avec lequel elle avait échangé plusieurs fois des politesses d'usage dans l'ascenseur ou les couloirs, l'aborda pendant la pause du déjeuner et lui parla pendant au moins un quart d'heure. Le lundi matin suivant, Emily le trouva dans le hall d'entrée, en train de feuilleter nerveusement un journal. Il lui sourit dès qu'il la vit et l'accompagna jusqu'à son bureau. Deux jours plus tard, il lui proposait un rendez-vous.

Il y a encore un mois, Emily en aurait sauté de joie. Mais maintenant...

Par une cruelle ironie du sort, la seule personne dont elle eût souhaité attirer l'attention, demeurait insensible à ses tentatives de séduction.

Tous les jours, elle s'évertuait à porter des toilettes différentes, à changer son maquillage. Le parfum qu'elle mettait était subtil, troublant. Rien n'y faisait. Adam, puisque c'est de lui, bien sûr, qu'il s'agissait, n'avait même pas remarqué sa nouvelle coiffure !

Il se comportait avec elle de manière habituelle, se montrant poli mais ne s'intéressant à elle que dans un domaine strictement professionnel. Elle était redevenue sa secrétaire, un point, c'est tout.

Pourtant, la passion qu'il lui avait témoignée avait été réelle, durant ces deux jours à la montagne. Emily en était certaine. Alors, comment pouvait-il afficher une telle froideur, à présent ?

Une seule explication à cela. Toujours épris de Cassie, il ne devait trouver chez les autres personnes du sexe féminin qu'un exutoire à ses désirs, s'empressant de les oublier sitôt ceux-ci satisfaits.

Et puis, pour quelle raison aurait-il continué à se préoccuper d'elle ? Les femmes qu'il côtoyait était cent fois plus jolies, même encore maintenant.

Enfin, peut-être craignait-il qu'une liaison de

bureau ne porte préjudice à sa carrière ? D'où l'existence du contrat. Emily entendait encore, comme s'il l'avait prononcé hier, son ferme engagement à le respecter.

Elle n'avait qu'à faire de même, elle le savait bien. N'avait-elle pas souscrit aux règles du jeu en connaissance de cause ? Il était déloyal de sa part d'essayer de séduire Adam. Elle devait, une bonne fois pour toutes, se résigner à le bannir de sa vie privée.

Aussi accepta-t-elle le second rendez-vous que lui proposa le comptable.

Son nom était Gene Evers. C'était un garçon soigné de sa personne, sérieux et gentil. Emily ne trouvait rien à lui reprocher, sauf qu'elle n'éprouvait à son égard aucun sentiment profond.

Mais peut-être ne le connaissait-elle pas encore assez pour cela ? Et puis, une première impression est souvent trompeuse.

Contrairement à ce qu'elle avait ressenti la dernière fois, lors de sa sortie avec Adam, elle attendit Gene avec grand calme. Sa mère et sa tante, jusque-là dans la cuisine, surgirent comme par enchantement au salon lorsque la voiture du comptable stoppa devant la maison.

— Le voici, annonça Nancy, postée derrière la fenêtre. Il n'est pas aussi bien qu'Adam, ajouta-t-elle en adressant à sa sœur un regard déçu.

Rosemary la rejoignit à son observatoire.

— Tu trouves ? commenta-t-elle.

— Ecoutez...

Emily s'était levée, l'air furieux.

— Vous n'allez pas recommencer ! Adam pouvait supporter un interrogatoire, mais je doute que Gene l'apprécie.

— Un interrogatoire ? Tu exagères !

— Nous n'oserions jamais...

— Oh que si ! J'ai trente ans et n'ai nullement besoin d'avoir ma mère et ma tante derrière moi quand un ami vient me voir.

La sonnette retentit à cet instant. Emily, sans bouger, fusilla les deux femmes du regard.

— Bon, très bien, fit Nancy en haussant les épaules. Tu viens, Rosemary ?

Cette dernière, après un moment d'hésitation, s'exécuta de fort mauvaise grâce.

Soulagée, Emily alla ouvrir.

— Bonjour, Gene. Souhaitez-vous entrer un instant ?

Le comptable consulta sa montre.

— Oui, nous avons encore du temps avant le dîner.

Pas de bouquet de fleurs, cette fois..., ne put s'empêcher de constater la jeune femme.

Ils prirent place sur le canapé. Un silence gênant s'installa aussitôt entre eux. Emily, bien que détendue, ne trouvait rien à dire. Quant au jeune homme, plutôt ému, il se contentait de la dévorer des yeux. Pour un peu, Emily aurait souhaité la présence de sa mère et de sa tante !

— Avez-vous toujours autant de travail ? commença-t-elle.

— Un peu moins. Une fois les bilans terminés, le plus dur est fait. Disons que je rentre chez moi avant neuf heures du soir, maintenant !

Emily sourit pour lui montrer qu'elle appréciait son sens de l'humour.

— Quels sont vos clients ? Des particuliers ou des sociétés ?

— Les deux à la fois. Il s'agit en effet, le plus souvent, d'entreprises familiales.

— Ah, je vois.

— Les établissements de ce genre sont généralement trop petits pour se doter d'un service informatique et comptable. C'est pourquoi, ils font appel à des experts extérieurs.

— Je comprends.

Elle s'ennuyait déjà à mourir. Que dire d'autre, maintenant ? A quoi bon parler, d'ailleurs, puisque rien de ce qu'il lui racontait ne l'intéressait !

— Nous ferions bien d'y aller, maintenant, vous ne pensez pas ? suggéra-t-elle.

Peut-être qu'un autre décor leur fournirait davantage matière à discuter ?

La soirée se poursuivit, hélas, sur la même lancée. Quand Gene la reconduisit enfin chez elle. Emily n'en pouvait plus. Elle avait tant souri, pour pallier ses silences, que ses muscles faciaux, contractés, la faisaient relativement souffrir.

Pourtant, tout s'était bien passé. Le repas avait été délicieux ; le film qu'ils étaient ensuite allés voir, était très bon. Quant à Gene, il s'était montré à son égard très attentionné.

Le seul problème était qu'il n'éveillait en elle aucun désir. Le baiser qu'il lui donna en la quittant sur le seuil de la porte la laissa indifférente. Pourvu qu'il se soit ennuyé autant que moi et cesse là toute relation, espéra-t-elle.

Une fois dans sa chambre, Emily resta un long moment à observer, de sa fenêtre ouverte, le ciel étoilé. C'était une magnifique nuit, romantique à souhait. Comme elle aurait aimé la partager avec Adam !

Elle s'imagina un instant, blottie entre ses bras. Son pouvoir d'évocation était si grand qu'elle sentit bientôt sur sa nuque son souffle chaud, sur son corps, la caresse de ses mains. Un frisson de plaisir la parcourut...

Revenue à la réalité, un autre sentiment l'envahit : la colère. Etait-elle condamnée à n'aimer personne d'autre qu'Adam ? Allait-elle passer toute sa vie à languir après lui ?

Le merveilleux week-end qu'il lui avait offert était en fait un cadeau empoisonné. Depuis, elle vivait un véritable supplice de Tantale, étant constamment proche de l'objet de ses désirs, sans pouvoir l'atteindre.

Le pis de tout était qu'Adam l'avait rendue exigeante. Il lui avait procuré une telle joie, une telle ivresse qu'elle ne parviendrait plus, maintenant, à se satisfaire d'une relation moins intense. Sa désastreuse soirée avec Gene en était la preuve.

Emily poussa un profond soupir. Elle savait très bien qu'elle n'avait pas accordé la moindre chance au jeune homme, et ce, dès le départ.

En fait, elle n'avait accepté de sortir avec lui que pour se donner bonne conscience, que pour se persuader qu'elle faisait tout pour oublier Adam.

Quelle hypocrite !

Irritée contre elle-même, Emily se dévêtit rapidement et se coucha. Inutile de s'apitoyer sur son sort lorsque l'on ne fait aucun effort pour s'en tirer, se sermonna-t-elle.

Ou bien elle ne pouvait se résoudre à chasser Adam de ses pensées et, dans ce cas, passerait toute sa vie à pleurer au clair de lune, ou bien elle y renonçait définitivement et elle parviendrait peut-être alors à trouver le bonheur.

— Emily ?

Adam venait d'apparaître dans l'entrebâillement de la porte. Comme d'habitude, la jeune femme maîtrisa à grand-peine le tumulte qui s'était déclaré dans sa poitrine, à sa vue.

— Pouvez-vous prendre un bloc et un crayon ? Je vous emmène chez Mme Van der Bibb. Elle ne supporte pas d'être enregistrée, alors je vous demanderai de consigner l'entretien.

— Qui est cette dame ?

— La sœur de Mme Wheeler.

— Ah oui, toujours cette histoire de testament contesté.

— C'est cela.

Adam observa Emily. Elle portait, aujourd'hui, un ravissant ensemble de toile blanche dont la veste, boutonnée à la taille, laissait voir une fine chemise de dentelle parme. Elle était superbe, pensa-t-il, troublé.

Quelle joie de passer tout un après-midi en sa compagnie ! Depuis leur week-end à la montagne, il y avait de cela deux semaines, il avait l'impression de n'avoir jamais été seul un moment avec elle.

Ils prirent l'ascenseur pour se rendre au parking.

— Comment va votre mère ? demanda-t-il, une fois dans la voiture.

— Très bien. J'ai enfin réussi à les persuader, elle et tante Rosemary, de cesser leur interrogatoire de routine.

Autrement dit, il était remplacé ! Adam retint à temps les questions qu'il avait sur les lèvres. Avec qui était-elle sortie ? Combien de fois ? Où étaient-ils allés ? Avait-elle déjà accordé ses faveurs à l'heureux élu ?

Non, ce n'était pas possible, se persuada-t-il. Elle n'aurait quand même pas quitté ses bras pour se précipiter aussitôt dans ceux de quelqu'un d'autre, n'est-ce pas ?

Durant tout le trajet, il se représenta Emily, allongée, nue, sur un lit, offerte aux regards concupiscents d'un autre homme. Aussi était-il de fort mauvaise humeur quand ils arrivèrent à destination.

Sans mot dire, il descendit de voiture, empoignant sa secrétaire par le bras.

Surprise, Emily faillit lui signaler qu'il lui faisait mal. Qu'avait-il donc ? Il s'était montré amical, au départ, puis, de plus en plus renfrogné. Ses yeux étaient, maintenant, plus noirs qu'un ciel d'orage. Elle ne voyait pas, cependant, dans l'affaire qui l'occupait présentement, ce qui pouvait le contrarier à ce point.

Une adorable vieille dame leur ouvrit la porte. Petite, rondelette, elle était vêtue d'un costume de golf. Tout l'équipement nécessaire à ce sport trônait d'ailleurs dans l'entrée.

— Madame Van der Bibb ? Je suis Adam Marshall, de la société « Marshall, Pierson, Tidrell et Sommers ». Je vous ai téléphoné tout à l'heure.

— Oui, oui, je me souviens très bien, répliqua l'intéressée avec vivacité. Je ne suis pas encore sénile, vous savez !

Le sourire qu'Adam lui adressa ne tarda pas cependant à la dérider. L'avocat produisait son effet habituel sur les personnes du sexe féminin, constata Emily.

— Je vous présente ma secrétaire, Emily Townsend. Si cela ne vous ennuie pas, j'aimerais qu'elle prenne des notes durant notre entretien. Je ne me fie pas tellement à ma mémoire.

— Aucun problème.

Mme Van der Bibb les conduisit au salon, une pièce chaleureuse, remplie de plantes vertes.

— Bon, si vous souhaitez avoir des renseignements sur ma sœur, vous feriez mieux de me poser des questions, commença-t-elle. Sinon je risque d'en avoir pour des heures à vous raconter combien elle était folle et je ne tiens pas à manquer ma partie de golf !

Adam fronça les sourcils.

— Avait-elle réellement perdu la raison ?

Emily prit son bloc-notes, prête à consigner la moindre remarque.

— Seulement sur un point : la religion. Dès qu'elle a su que ses jours étaient comptés — elle avait un cancer — ma sœur s'est mise à lire frénétiquement la bible, à fréquenter assidûment l'église. Jusque-là, rien d'anormal. Je pense que toute personne confrontée à la mort doit se comporter ainsi. C'est alors que l'infirmière qui lui donnait des soins lui a présenté Bob Cecil. C'est ce dernier qui l'a détraquée.

— Comment cela ? Que voulez-vous dire ?

— Il la terrifiait, il lui faisait croire qu'elle irait en enfer si elle ne laissait pas tous ses biens à l'église avant de quitter ce monde.

— Pensez-vous qu'il ait contribué à aggraver son état ?

— Oui, certainement. Ce charlatan, qui n'est pas plus homme de Dieu que vous et moi, a empoisonné le peu de temps qui lui restait à vivre. Il contrariait son sommeil, dérangeait sa digestion. Lucy m'appelait sans cesse pour me tenir au courant des merveilleuses choses que Cecil ferait avec son argent. Elle était devenue une exaltée, une mystique.

La vieille dame haussa les épaules.

— J'imagine que « ces merveilleuses choses » n'ont jamais profité directement à l'église.

— Ce pasteur visitait-il votre sœur fréquemment ?

— Constamment. Quelle honte d'abuser d'un être malade, affaibli ! J'ai essayé moultes fois de dissuader ma sœur de le recevoir, mais sans succès. Mon neveu et ma nièce n'ont pas été plus chanceux.

— Madame Van der Bibb, pourriez-vous me dire quel genre de propos Cecil tenait à votre sœur ?

— Oh oui ! Elle me les a assez répétés !

— Mais avez-vous entendu le pasteur les prononcer lui-même ?

— Oui. Je suis venue à deux ou trois reprises quand il se trouvait là. Dans ces cas-là, généralement, il ne s'attardait pas. Mais une fois, j'ai pu l'écouter à son insu.

— Alors que disait-il ?

— Voilà.

La vieille dame se pencha vers Adam et commença à lui relater les billevesées dont le pasteur avait abreuvé sa sœur pour empocher sa fortune. Elle parlait vite, d'une voix que la colère faisait trembler, et Emily avait bien du mal à suivre son débit.

Quand elle eut terminé, une heure plus tard, elle frémissait d'indignation.

— Je doute qu'elle réussisse ses balles, aujourd'hui, commenta Emily, une fois dehors.

Adam sourit.

— Cela m'étonnerait aussi. La remémoration de cette sordide histoire l'a mise dans un triste état. En tout cas, grâce à elle, l'affaire est gagnée. On ne peut espérer de meilleur témoin !

— Pourquoi ?

— Dans son premier testament, sa sœur lui laissait ses bijoux et quelques pièces de vaisselle. Dans le second, elle lui lègue sensiblement la même chose. Elle est donc beaucoup plus crédible que les enfants de Mme Wheeler.

Ils roulèrent quelques instants en silence. D'un ton qu'il voulut détaché, Adam demanda soudain :

— Alors, qui Rosemary a-t-elle cuisiné, cette fois ?

— Pardon ?

Emily eut un rire forcé.

— Gene Evers. C'est un comptable. Il travaille à l'étage au-dessous.

— Chez Fairman et Jones ?

— Oui, c'est cela.

Adam fronça les sourcils.

— Je ne pense pas le connaître.

— Rien d'étonnant à cela. Nous nous sommes trouvés plusieurs fois à prendre l'ascenseur ensemble.

— Comme c'est romantique ! plaisanta l'avocat.

Il se tut. Bientôt, cependant, le besoin de savoir à quoi s'en tenir l'emporta sur sa réserve.

— Et vous... l'appréciez ?

— C'est un gentil garçon mais...

Le haussement d'épaules avec lequel Emily termina sa phrase le renseigna amplement et il dut se mordre les lèvres pour s'empêcher de sourire. Une brusque joie dilata son cœur.

Taggart l'attendait dans le hall quand ils revinrent au bureau.

— Oh, Adam, j'étais juste...

Il s'arrêta, stupéfait à la vue d'Emily.

— Emily, vous êtes splendide ! s'écria-t-il.

Il enveloppa la jeune femme d'un regard connaisseur. Emily, amusée et secrètement ravie que la scène ait lieu en présence d'Adam ne put que sourire gentiment.

Ce dernier, l'air renfrogné, reprit :

— Tu étais juste quoi... ?

— Oh rien, je passais dans le coin, alors je suis venu te dire bonjour.

L'avocat se dirigea vers son cabinet, laissant la porte ouverte pour son frère. Celui-ci s'attarda encore un moment à admirer Emily qui réintégrait son bureau.

— Taggart !

— Oui, oui, me voici.

Une fois seul avec Adam, Taggart s'exclama de plus belle :

— Vraiment ta secrétaire est superbe. J'aimerais bien être à la place de celui qui la serre dans ses bras, tiens !

— N'as-tu jamais d'autre idée en tête ? le rabroua Adam, les lèvres pincées.

— De temps à autre, cela m'arrive, poursuivit son frère sur le même mode enjoué. Mais qu'as-tu, aujourd'hui ? Tu me sembles de bien mauvaise humeur. Ne serait-ce pas justement cette Mlle Townsend qui te donne du fil à retordre ?

— Ne sois pas ridicule !

Taggart s'assit à califourchon sur une chaise.

— Allez, raconte-moi tout. Qu'est-ce qui se passe ici ? Aurais-tu des activités extra-professionnelles avec ta secrétaire ?

— Taggart, je te préviens que...

Son frère éclata de rire.

— Eh bien, en tout cas, cela n'a pas l'air de te réussir !

— Cela me réussit d'autant moins, comme tu dis, que ces... « activités » n'existent pas !

— Nous y voilà ! Je comprends tout.

— Cela m'étonnerait.

— Alors, explique-moi.

Adam se renversa dans son fauteuil en soupirant.

— C'est trop idiot.

— Idiot ?

— Je...

Au dernier moment, l'avocat se ravisa.

— Non, je ne peux rien te dire. Ce serait trahir un secret. Mais, tu as raison, je crois que je suis amoureux de ma secrétaire, d'où le problème. Je connais trop les complications qu'entraîne une liaison de ce genre. Tu te souviens de Fred Morris ?

— Oui, bien sûr.

— Lui aussi était épris de son assistante. Cela s'est très mal terminé. Sa femme l'a quitté.

— Tu n'es pas marié, observa Taggart.

— Il n'y a pas que cela. Fred n'arrivait plus à faire face à la situation. Sa profession en pâtissait. Au bout du compte, il a perdu son emploi.

— Crois-tu que père t'expulserait de la société si tu avais avec Emily des relations intimes ?

— Non, je ne pense pas... Mais tu t'imagines ensuite travailler avec quelqu'un avec lequel tout est fini ? Ce doit être insupportable !

— Qui te parle d'une fin ? Ce n'est même pas commencé !

— Cela se produira, fatalement.

— Pourquoi ? Emily n'est-elle pas digne de retenir ton intérêt ?

— Oh si, mais...

— Qu'y a-t-il, alors ?

— Je l'aime bien, même beaucoup, mais ne l'épouserai sans doute jamais ; ce qui créera, à plus ou moins long terme, une tension.

— Je ne comprends pas. Comment peux-tu déjà te montrer si catégorique ?

Adam le fixa d'un air grave.

— Je me suis toujours juré de ne pas recommencer la même erreur qu'avec Cassie. D'ailleurs, depuis ce temps, quelque chose est mort en moi ; je ne crois plus à l'amour éternel.

— En bien, moi, je sens que tu es en voie de guérison. Le simple fait que tu n'aies pas apprécié mes taquineries à votre sujet, le prouve.

— Je n'aimerais pas t'avoir comme adversaire dans un procès, s'exclama Adam, nettement plus détendu à présent. Tu veux toujours avoir le dernier mot. Bon, si nous parlions d'autre chose ?

— D'accord, mais n'espère pas te débarrasser de ce problème aussi rapidement.

L'avocat haussa les épaules.

— J'en viendrai à bout, il le faut.

Adam passa un bon moment de la matinée, le lendemain, à la bibliothèque de la société, à réunir de la documentation sur un dossier. Il était assis à l'une des grandes tables de la salle, essayant de se concentrer sur un article, quand Emily entra.

Elle lui sourit au passage et se dirigea à l'autre bout de la pièce où se trouvait une photocopieuse. L'avocat tenta de se replonger dans sa lecture, mais en vain. Sans lever la tête, il devinait tous les gestes qu'elle faisait. Bientôt, le ronflement de la machine se fit entendre.

Quelle idée de mettre une photocopieuse dans une bibliothèque, pensa-t-il, irrité, oubliant que ce bruit ne le dérangeait nullement, d'habitude.

Emily revint vers les tables centrales, les bras chargés de piles de feuilles croisées.

Ah non ! Elle ne va pas travailler ici ! grommela l'avocat en son for intérieur.

Cela n'avait pourtant rien de surprenant. Les

secrétaires utilisaient souvent cette salle spacieuse, peu fréquentée, d'ailleurs, pour mettre en page d'importants documents.

Adam, jamais auparavant, n'y avait prêté attention. Cette fois, cependant, il en fut exaspéré. Il ne pouvait s'empêcher de suivre les mouvements de la jeune femme. Elle portait une jupe étroite, fendue devant. A chacun de ses pas, son genou se découvrait. C'était excitant. Ses jambes étaient si belles ! Un brusque désir l'envahit.

Emily, soudain, posa son regard sur lui.

— J'espère que je ne vous dérange pas.

— Non, non, pas du tout, mentit-il. Qu'êtes-vous en train d'assembler ?

— Les documents que vous comptez utiliser dans le dossier Purvey.

— Ah oui, très bien.

Il feignit de se replonger dans son article, se concentrant, cette fois, sur une autre partie de l'anatomie de la jeune femme. Sous son léger chemisier de soie rose, ses petits seins pointaient de manière provocante. Portait-elle un soutien-gorge ? Il mourait d'envie d'aller le vérifier...

Avec un profond soupir, Adam se força à revenir à sa lecture. Une bouffée du parfum d'Emily lui parvint alors. Il était troublant, sensuel. Cela ne faisait pas très longtemps qu'elle le mettait, remarqua-t-il.

— Bonjour, Adam.

L'avocat, perdu dans de voluptueuses pensées, tressaillit vivement. Thomas Benton, un de ses confrères dans la société, s'avançait vers lui. Les deux hommes se serrèrent la main.

— Bonjour, Thomas. Cela marche comme tu veux ?

— Très bien, merci.

Au grand soulagement d'Adam, son collègue n'engagea pas davantage la conversation. Il se dirigea vers les rayonnages, puis, ayant trouvé le livre qu'il cherchait, revint s'asseoir à la table d'Adam, en face de lui.

Adam tenta une nouvelle fois, à son exemple, de s'absorber dans ses notes. En vain. Emily se trouvait toujours dans son champ de vision. Elle lui offrait sa silhouette de dos, maintenant.

Une rage incontrôlée le saisit. Inconsciemment, comme pour se calmer, il empoigna fortement son stylo plume. Ses doigts, pleins d'encre, lui firent recouvrer la raison.

— Flûte, grommela-t-il en cherchant un mouchoir dans sa poche.

Thomas Benton lui lança un regard étonné puis retourna à sa lecture.

Emily avait terminé sa tâche. Les documents agrafés empilés sous son bras, elle se dirigea vers la sortie.

Adam sentit aussitôt ses muscles se détendre. Il s'épongea le front qu'il avait couvert de sueur.

Parviendrait-il, comme il l'avait certifié à Taggart, à venir à bout de cette situation ?

Il commençait réellement à se le demander !

Chapitre 10

Emily revint dans son bureau, découragée. Les documents qu'elle venait d'assembler n'étaient pas urgents, mais elle n'avait pas résisté, sachant Adam dans la bibliothèque, à l'envie d'aller travailler à ses côtés. Elle en avait si peu l'occasion ! L'après-midi qu'ils avaient passé ensemble chez Mme Van der Bibb n'avait fait qu'aiguiser son désir de sa présence.

Mal lui en avait pris. Non seulement Adam ne lui avait rien dit ou presque, contrairement à ses secrètes attentes, mais s'était montré, de plus, agacé. Emily l'avait même entendu soupirer.

Après tout, elle n'avait eu que ce qu'elle méritait. Ne l'avait-elle pas dérangé dans son occupation ?

Pourtant...

Déçue, profondément attristée, la jeune femme inséra machinalement les photocopies dans des chemises qu'elle étiqueta, puis se rendit dans la pièce d'archives attenante à son bureau. Adam lui avait demandé de rechercher les coordonnées d'un médecin, témoin à charge dans un procès vieux de quatre ans.

Elle trouva sans problème le dossier qui était plutôt volumineux et retourna à sa table pour le compulser plus à son aise. Une lettre, à en-tête, lui fournit les renseignements désirés. Emily en vérifia l'exactitude auprès d'une opératrice, puis les consigna sur une fiche pour Adam.

Ceci terminé, elle s'aperçut qu'il n'était pas loin de midi. Tant mieux, soupira-t-elle. Prendre l'air me fera le plus grand bien.

Déjà, elle allongeait le bras pour attraper son sac quand Larry Sansing fit irruption dans son bureau.

Ravalant son impatience, Emily lui sourit.

— Oh, bonjour ! Adam travaille à la bibliothèque. Souhaitez-vous que je le prévienne de votre arrivée ?

Le conseiller juridique prit place sans façon sur une chaise, en face d'elle.

— Non, non, ce n'est pas la peine. Je lui ai simplement laissé un mot sur son bureau.

— Très bien.

Emily ne savait que dire. C'était la seconde fois, en deux semaines, que Larry s'arrêtait chez elle pour discuter. La première fois, cela n'avait rien eu d'étonnant puisqu'il attendait Adam, mais là... Elle avait beau chercher, elle ne lui voyait aucune raison de rester. Bien calé dans son siège, il ne semblait pourtant guère disposé à partir.

— Il y a un steeple-chase, dimanche, annonça-t-il. Comptez-vous y aller ?

Un peu surprise par cette question, Emily secoua la tête.

— Non, les courses de chevaux ne me passionnent pas. Je n'y connais rien, d'ailleurs.

— Moi, je trouve cela amusant. Quand il fait beau, je n'en manque pas une.

Passant du coq à l'âne, le conseiller juridique reprit :

— Etes-vous originaire de Caroline du Nord ?

— Oui. Vous, vous êtes de Virginie, n'est-ce pas ?

— Comment avez-vous deviné ? Est-ce à cause de mon accent ?

Emily s'esclaffa. Il était impossible de se tromper sur son ascendance. Son parler avait l'inflexion chantante des voix du Sud. Elle le taquina, cependant :

— Vous avez un accent ? Je ne l'avais jamais remarqué !

S'il lui fallait rester assise à faire la conversation à l'un des collaborateurs d'Adam, au moins elle n'était pas trop mal tombée, pensa-t-elle. Larry était plutôt sympathique. Elle se sentait à l'aise en compagnie de cet homme d'âge mur, jovial et séduisant, de surcroît.

Le conseiller juridique se mit à lui raconter une histoire de son pays. C'était si drôle qu'Emily en eut bientôt les larmes aux yeux. Elle restait un peu sur le qui-vive, cependant, s'interrogeant encore sur les raisons de la présence de Larry.

Finalement, comme la conversation languissait, ce dernier demanda :

— A quelle heure déjeunez-vous ?

— Quand cela m'arrange. J'allais justement partir quand vous êtes arrivé.

— Alors, je vous invite.

Emily le dévisagea, stupéfaite. Larry et Adam étaient amis ; il était donc peu probable que le conseiller juridique essaie, par ce biais, de lui soutirer des informations sur un dossier. Alors... cela signifiait-il qu'il s'intéressait à elle en tant que telle ?

Cela changeait tout, dans ce cas... Larry Sansing lui semblait, en effet, bien plus à même de l'aider à oublier Adam qu'un Gene Evers !

— C'est très gentil à vous, répondit-elle en souriant.

— Tout le plaisir est pour moi.

Comme ils se dirigeaient vers l'ascenseur, ils rencontrèrent, dans le hall, Adam qui revenait de la bibliothèque.

L'avocat leur lança un regard surpris.

— Bonjour, Larry. Tu voulais me voir ?

— Non, non. Je suis simplement venu enlever ta secrétaire... le temps d'un déjeuner, plaisanta le conseiller juridique. Je t'ai laissé une note à propos de l'affaire Larson. Si tu ne la trouves pas assez explicite, rappelle-moi.

— Très bien, fit Adam, un peu interloqué. Bon appétit, alors.

Le traître ! Il courtisait Emily ! Voilà pourquoi il était sans cesse à rôder dans son bureau, depuis ces derniers temps. Du moins, était-il venu les autres fois pour un motif professionnel. Mais là... c'était trop fort !

Gene Evers ne l'avait pas beaucoup inquiété. Adam s'était rendu le jour même où Emily lui en avait parlé à l'étage de la Société Fairman et Jones pour voir à quoi ressemblait le comptable. Mais Larry Sansing, c'était autre chose ! Il était séduisant, brillant et son accent du Sud faisait se pâmer toutes les femmes. Il n'était d'ailleurs jamais en peine d'un rendez-vous.

Oui, c'était le genre d'homme dont Emily pouvait facilement tomber amoureuse.

D'une humeur massacrante, Adam revint dans son bureau. Pas une seconde, l'idée qu'il n'avait sur la jeune femme aucun droit ne lui effleura l'esprit. Il alla se poster derrière la fenêtre, trop irrité pour se concentrer sur quoi que ce soit.

C'est alors qu'il les vit, en bas, attendre au feu pour traverser. Ils ne tardèrent pas à rejoindre le trottoir d'en face et à entrer au Hanson, un sympathique petit restaurant réputé pour ses salades et son chariot de desserts.

L'avocat se mordit les lèvres, l'air préoccupé. Soudain, il abandonna son observatoire, claqua la porte de son cabinet et s'élança dans le hall. L'ascenseur était plein lorsqu'il s'arrêta à l'étage mais Adam n'en tint aucun compte, poussant sans ménagement ses occupants.

Confortablement installés à une table pour quatre personnes, Larry et Emily venaient juste de passer leurs commandes.

Une vive contrariété se lut soudain sur le visage du conseiller juridique. Il s'arrêta au beau milieu d'une phrase, les sourcils froncés.

— Voici Adam ! s'exclama-t-il.

Emily se retourna. Effectivement, Adam Marshall s'avançait nonchalamment dans la salle, à la suite d'une hôtesse. Il les aperçut aussitôt et vint à eux, en souriant.

— Encore vous ! On voit toujours les mêmes, ici, plaisanta-t-il.

— Tu attends quelqu'un ? demanda Larry.

— Non, non. Je viens déjeuner, tout simplement.

La serveuse, qui s'était jusque-là tenue en retrait, s'approcha.

— Monsieur, désirez-vous une table individuelle ou...

Son regard se porta ostensiblement vers Larry et Emily. Cette dernière espéra alors que le conseiller juridique inviterait Adam à se joindre à eux, mais il n'en fit rien.

— Eh bien, je crois que je vais plutôt prendre place à celle de mes amis, s'exclama spontanément l'avocat. Si cela ne les ennuie pas, bien entendu, ajouta-t-il d'un air innocent.

— Je t'en prie, assieds-toi, offrit Larry.

Un large sourire aux lèvres, Adam s'installa aux côtés d'Emily. On lui apporta aussitôt des couverts et un menu.

— Alors, vous qui savez déjà tout, qu'y a-t-il de bon ? fit-il, d'excellente humeur. J'ai une faim de loup.

— Je te recommande, comme d'habitude, le jambon de Virginie, répondit Larry qui avait fait contre mauvaise fortune bon cœur.

A ces mots, Adam adressa un clin d'œil amusé à sa voisine. Cette allusion à leur week-end, la première depuis ces deux dernières semaines, troubla fortement Emily. Elle adressa à l'avocat un sourire de connivence.

Leur échange complice n'échappa point à Larry.

— Qu'y a-t-il donc de si drôle ? demanda-t-il.

— Rien, rien. Sauf qu'Emily et moi préférons celui de Fender Gap.

— Fender Gap ? répéta Larry, stupéfait.

— Oui, c'est là que se trouve mon chalet. Je t'en ai déjà parlé, je crois, non ?

Le conseiller juridique regarda furtivement Emily. La jeune femme se sentit devenir cramoisie. Adam aurait pu tout aussi bien dire qu'elle avait partagé son lit ! Si seulement elle avait pu disparaître dans un trou de souris !

Adam, quant à lui, ne semblait absolument pas conscient de l'indiscrétion qu'il venait de commettre. Ayant choisi un petit pain dans la corbeille, il le beurra avec application puis leva les yeux vers Larry.

— Alors, ce n'est pas trop le branle-bas de combat à la Contelco ? demanda-t-il.

Durant tout le repas, il mena la conversation, s'adressant aussi bien à son ami qu'à sa secrétaire.

Ce n'est qu'au dessert qu'Emily se rendit compte qu'elle n'avait pas échangé dix mots avec Larry. Le rendez-vous galant qu'elle espérait avoir avec lui, s'était transformé en un véritable déjeuner d'affaires !

Son embarras, loin de s'être dissipé, s'était accru sous les regards soupçonneux que lui lançait, de temps à autre, le conseiller juridique. Que devait-il penser ? Etait-il dépité ? Comme elle regrettait d'avoir accepté son invitation ! Elle eût été bien en peine, d'ailleurs, de dire ce qu'elle avait mangé. Tous les aliments avaient dans sa bouche la même saveur âcre.

Adam insista pour payer l'addition. Il était normal qu'il prenne ces frais professionnels à sa charge, expliqua-t-il, puisqu'il s'agissait de sa secrétaire !

En se levant de table, Adam s'arrangea pour passer devant Larry et suivre directement Emily. De même, au-dehors, il fit en sorte de marcher à ses côtés.

Ils arrivèrent bientôt devant *Allied Central Bank*. Adam tendit la main à Larry.

— Bon, eh bien, au revoir. Je t'appellerai demain pour l'affaire Larson.

Le conseiller juridique ne put faire autrement que de prendre congé.

— D'accord, et merci pour le déjeuner.

— Penses-tu ! Tout le plaisir a été pour moi.

Un éclair de malice passa dans les yeux de Larry.

— Oui, je te crois. Je te revaudrai cela, va, fit-il d'un air entendu.

Il salua Emily puis rebroussa chemin.

Emily, un peu abasourdie par tout ce qui venait de se passer, suivit Adam à l'intérieur. Qu'avait voulu dire Larry en partant ? L'arrivée d'Adam au restaurant n'avait-elle donc pas été fortuite ? C'est idiot ! Comment aurait-il pu savoir où ils étaient allés puisqu'elle-même n'était pas au courant ? Larry ne lui avait suggéré de se rendre au Hanson qu'une fois dehors.

Soudain, elle comprit. Le bureau d'Adam donnait sur l'avenue. S'il se trouvait à sa fenêtre, à ce moment-là, il avait donc dû les voir traverser au feu. Avec son sweat-shirt rose, elle était aisément reconnaissable, même de loin.

Mais alors... Si Adam était venu au restaurant pour gâcher leur déjeuner, son impair au sujet du chalet n'en était pas un !

Cette conclusion, à laquelle elle était arrivée de fil en aiguille, la sidéra. Dans quel intérêt Adam aurait-il agi ainsi ? Etait-il irrité que sa secrétaire fréquente l'un de ses collaborateurs, en dehors du travail ? Craignait-il qu'Emily ne pâtisse d'une telle liaison ou s'inquiétait-il au contraire pour son ami ?

Cette dernière hypothèse était la plus vraisemblable. Après tout, Larry appartenait à la même classe sociale que lui. Une « mésalliance »pourrait lui être préjudiciable...

Oh ! Elle ne savait plus que penser ! Jamais elle ne s'était sentie aussi humiliée. De quel droit Adam intervenait-il dans sa vie privée ? La détestait-il donc tant ?

Des larmes commencèrent à rouler le long de ses joues. Aussi, arrivée à l'étage de la société, s'élança-t-elle dans le hall sans attendre Adam.

— Emily ?

Elle entendit sa voix étonnée derrière elle mais ne ralentit point son allure.

Adam lui emboîta le pas. La joie puérile qu'il avait ressentie à manœuvrer Larry Sansing s'était évanouie. Emily lui en voulait-elle ? Elle n'avait pas dit un mot dans l'ascenseur, gardant la tête baissée.

— Emily ! fit-il à nouveau.

Sans s'en rendre compte, il avait haussé le ton. La jeune femme fit volte-face, les yeux brillant de colère.

— Quoi ? s'exclama-t-elle.

— Venez dans mon bureau, s'il vous plaît. J'ai à vous parler.

Dans son émotion, sa voix s'était faite dure, autoritaire.

— Non ! s'écria Emily.

C'était impossible. Elle ne pouvait pas affronter Adam maintenant. Elle allait fondre en larmes devant lui et lui dire des choses qu'elle regretterait ensuite.

Son refus sidéra l'avocat. Exaspéré, il profita, à sa grande honte, de sa position hiérarchique pour intimer à la jeune femme l'ordre de le suivre.

Furieuse, humiliée, Emily obtempéra. Une fois dans son bureau, elle se campa devant la fenêtre, les bras croisés, le regard fixe.

Adam referma la porte derrière elle. Il ne savait que dire, à présent. Son irritation avait disparu, faisant place à une vive confusion. C'était la première fois en dix ans qu'il rudoyait Emily !

Que se passait-il ? Avait-il donc perdu tout contrôle de lui-même ? Jamais il n'avait éprouvé, au cours de ces deux dernières semaines, des sentiments aussi fluctuants. Son cœur était devenu un véritable Yo-Yo !

— Je suis désolé, balbutia-t-il. Je vous ai blessée, n'est-ce pas ?

Emily se retourna, les yeux embués de larmes.

— Qu'en pensez-vous ?

— Oui, je sais, j'ai été ridicule. Je n'aurais pas dû crier ainsi, mais je tenais tant à vous parler que...

— Il s'agit bien de cela !

— Je...

Sans lui laisser le temps de répondre, Emily reprit, hors d'elle :

— Pourquoi vous être conduit de cette manière, au restaurant ? Pourquoi avoir mentionné Fender Gap ? Si Larry Sansing n'a pas compris que nous avions dormi dans le même lit, c'est qu'il est idiot !

— Et alors, c'est la vérité, non ? s'enflamma Adam. En avez-vous honte ? Craignez-vous que Larry ne vous rejette, maintenant ? Ce serait préférable pour vous, d'ailleurs, croyez-moi.

Emily le regarda, stupéfaite.

— Je pensais qu'il était votre ami.

— Cela n'a aucun rapport. Je ne veux pas que vous vous donniez à lui, c'est tout !

— Il n'était question que de déjeuner, rappela la jeune femme d'un air méprisant.

— Déjeuner ? Petite naïve ! Un homme tel que Larry Sansing n'invite pas une femme au restaurant sans motif précis. Je le connais mieux que vous. Il vous convoite, c'est évident. Il est sans cesse à rôder par ici, depuis quelque temps.

Intriguée par l'extrême agitation de l'avocat, Emily ravala sa colère. Elle ne put que balbutier :

— Adam... qu'avez-vous ?

— Il y a tout simplement que je ne suis pas de bois ! explosa-t-il.

Il reprit avec la même violence :

— Je n'arrive pas à respecter notre engagement. C'est trop injuste. Vous ne pouvez accorder vos faveurs à un homme et les lui retirer brusquement ensuite sans qu'il y pense... C'est impossible, inhumain !

Emily voulut parler mais aucun son ne sortit de sa bouche. Elle avait l'impression que tout tanguait autour d'elle.

Adam s'était mis à arpenter fiévreusement la pièce. Tous les sentiments qu'il avait enfouis en lui depuis le fameux week-end, s'échappaient maintenant sans retenue, jaillissant de manière désordonnée, décousue.

— J'ai constamment envie de vous. Je ne supporte plus de voir tous ces types qui vous tournent autour. Les deux jours que nous avons passés ensemble m'obsèdent. Cela me rend fou. Je n'arrive plus à travailler. L'autre matin, à la bibliothèque, je mourais d'envie de...

Il n'acheva pas, conscient soudain de sa démesure. Pour se défouler, il martela, à la place, son bureau de coups de poing. Des dossiers tombèrent à terre, perdant tout leur contenu.

Emily ne put s'empêcher de rire. Adam la foudroya du regard.

— Je ne trouve pas cela drôle !

— Oh, Adam. Je me moque de l'engagement que nous avons pris, que *vous* avez pris, précisa-t-elle. Je me moque de Larry Sansing ou de toute autre personne. C'est vous que je veux.

Ce fut au tour d'Adam de se montrer stupéfait.

— Comment ? Qu'avez-vous dit ?

— J'ai dit : c'est vous que...

Emily n'eut pas le temps de terminer sa phrase. Adam, en deux enjambées, l'avait rejointe. Avec une fougue incontrôlée, il la serra contre sa poitrine, pressant ses lèvres sur les siennes.

Emily s'abandonna sans réserve à ce baiser troublant. Une vague de désir la submergea aussitôt. Adam lui avait tant manqué, depuis ces deux dernières semaines, que son corps tout entier répondait à ses caresses.

— Comment avons-nous pu perdre tant de temps ! murmura Adam au creux de son cou.

Si grande était leur impatience, si dévorante la faim qu'ils avaient l'un de l'autre, qu'ils arrachèrent plutôt qu'ils n'ôtèrent leurs vêtements.

Ils s'aimèrent comme si les minutes leur étaient comptées. Mais leurs corps s'accommodèrent de cette hâte, et, très vite, le plaisir les arracha au temps.

Longtemps, ils restèrent enlacés, se laissant envahir par la chaleur de l'autre, fermant les yeux pour mieux savourer ce bonheur inespéré.

Adam, le premier, reprit pied dans la réalité. La vue des dossiers ouverts, répandus sur le sol, lui fit soudain prendre conscience de l'endroit où ils se trouvaient. Il se leva précipitamment.

— Mon Dieu, la porte n'était même pas fermée à clef ! s'exclama-t-il en y remédiant.

Il revint vers Emily, un peu penaud.

— Vous... ne m'en voulez pas ? Il m'a été impossible de me contrôler dès que j'ai compris que vous me désiriez aussi.

Lui en vouloir ! ! Emily secoua la tête, éperdue de joie. Un fou rire la prit soudain devant le désordre qu'offrait le cabinet d'Adam. On aurait dit un véritable champ de bataille ! Au milieu des feuilles de papier éparses, gisaient des pièces de vêtements chiffonnées.

Adam ne tarda pas à être gagné par son

hilarité. Ensemble, ils rirent aux larmes. Ils se sentaient enfin libérés de toute cette tension nerveuse qui s'était accumulée en chacun d'eux, depuis leur première rencontre.

— Et si on nous avait entendus ? murmura Emily, un peu inquiète.

— Cela m'est égal. Je suis trop heureux pour m'en soucier.

Emily se blottit entre ses bras. Elle partageait de tout cœur son avis. Leith Marshall lui-même aurait bien pu apparaître sur-le-champ, elle n'en aurait eu cure.

— Mais pourquoi ne m'avoir rien dit ? reprit Adam. J'étais persuadé que je ne vous intéressais plus après notre week-end. Vous étiez si distante, si froide !

La jeune femme lui lança un regard exaspéré.

— Comment aurais-je pu vous l'avouer ? N'est-ce pas vous qui avez déclaré, dès le départ, qu'il ne s'agirait que d'une seule fois ? Et puis, vous me découragiez par votre indifférence, votre comportement strictement professionnel. Parfois, j'en venais même à me demander si je n'avais pas rêvé les deux jours que nous avions passés ensemble.

L'avocat sourit.

— Pour me faire pardonner, je vous donne congé pour cet après-midi... à condition que vous le passiez dans mes bras, chez moi, murmura-t-il, les yeux à nouveau brillant de désir.

Ils s'habillèrent à la hâte. Quand ils furent à peu près présentables, Adam ouvrit prudemment la porte de son cabinet. Le hall était désert.

Emily se rendit dans son bureau pour chercher ses affaires tandis qu'Adam sortait dans le couloir. Ils se rejoignirent devant l'ascenseur, évitant de se regarder de peur d'être pris à nouveau d'un fou rire ou de révéler l'activité peu professionnelle à laquelle ils venaient de s'adonner.

N'était-ce pas pourtant évident ? pensa Emily. Bien qu'elle eût défripé sa jupe et repeigné sa chevelure ébouriffée, elle n'avait rien pu faire pour ses yeux trop brillants et ses lèvres trop rouges d'avoir été embrassées.

Ils durent encore se comporter décemment jusqu'au parking. Une fois dans la voiture d'Adam, ils s'étreignirent à nouveau furieusement, comme si cette brève interruption dans leur intimité leur avait semblé une éternité.

— Ah, Emily, pourquoi ai-je mis si longtemps à vous découvrir ! chuchota Adam, d'une voix émue.

Chapitre 11

Adam et Emily ne se quittèrent pratiquement pas au cours des mois suivants. Ils travaillèrent ensemble, partirent en week-end ensemble, dormirent ensemble. Emily avait son propre logement, maintenant, mais elle y passait peu de temps. Presque chaque soir, elle allait rejoindre Adam dans son luxueux appartement.

Elle vivait un bonheur sans mélange. Si elle avait embelli après sa première « rencontre » avec Adam, elle était aujourd'hui resplendissante. Bien qu'elle n'eût plus rien changé à sa manière de se vêtir ou de se coiffer, personne ne pouvait manquer de s'apercevoir qu'elle était devenue belle.

Sa liaison avec Adam ne perturbait pas l'efficace mode de travail qui s'était instauré entre eux depuis des années. Bien au contraire. Même s'ils échangeaient, au cours d'une prise de notes, des sourires mystérieux ou se dérobaient un baiser entre deux portes, ils ne rechignaient pas à l'ouvrage. Ils étaient, en tout cas, mille fois plus efficients dans leurs tâches qu'ils ne l'avaient été durant les deux semaines qui avaient suivi leur premier week-end. Le travail semblait plus facile, moins contraignant puisque c'était du temps qu'ils partageaient.

Adam eut à nouveau un important procès à

préparer. Emily faisait tout son possible pour l'aider. Elle assurait le suivi des autres dossiers, écoutait avec attention le plaidoyer qu'il prononcerait le lendemain, se risquant quelquefois à faire un commentaire.

Une fois chez lui, elle le massait savamment pour le décontracter, le libérer de sa tension nerveuse et de ses soucis.

Un soir, alors qu'ils étaient allongés, étroitement enlacés, après l'amour, Adam lui dit :

— Si vous saviez comme j'apprécie l'intérêt que vous portez à mon travail !

Emily sourit.

— Je n'y ai pas grand mérite : il est tellement passionnant !

— Ce n'est pas l'avis de tout le monde, commenta Adam. Ce n'était pas celui de Cassie, du moins.

Cassie, toujours Cassie ! Ne l'oublierait-il donc jamais ? La mettrait-il toujours en parallèle avec toutes les autres femmes qu'il rencontrerait ?

— Cassie me reprochait de passer tout mon temps au bureau. C'est pourquoi elle a pris un amant, a-t-elle prétendu. En fait, elle avait raison, soupira Adam. Je n'étais pas assez souvent à la maison. Vous savez comme moi combien ma profession est accaparante ! Peut-être me serais-je comporté différemment si nous avions eu un enfant ? Je me serais organisé autrement, j'aurais pris moins de dossiers... Qui sait ! Selon Cassie, je n'en ai rien fait par pur égoïsme.

Emily se récria.

— Vous, un égoïste ? Ce serait plutôt le contraire ! Ne vous consacrez-vous pas entièrement aux autres ?

Adam la serra encore plus fort contre lui.

— Merci. Vous me défendez toujours. Pourquoi ?

Parce que je vous aime, faillit dire Emily. Ces mots s'arrêtèrent sur ses lèvres. Si Adam appréciait sa compagnie, jamais il ne lui avait laissé entendre qu'il éprouvait à son égard des sentiments profonds. Emily ne nourrissait aucun espoir à ce sujet, d'ailleurs. Le cœur d'Adam n'était-il pas déjà pris ? Elle se satisfaisait, cependant, de la parfaite harmonie dans laquelle ils vivaient, étant trop heureuse pour risquer d'en briser l'équilibre. Le destin ne lui avait-il pas déjà beaucoup accordé ? Elle ne devait pas se montrer trop exigeante.

Aussi répondit-elle simplement :

— Je ne vous défends pas systématiquement. Seulement quand je pense que vous avez raison.

L'avocat lui déposa un petit baiser sur les lèvres avant de se caler sur un oreiller.

— En tout cas, Cassie ne voulait jamais rien savoir de mon travail. Le temps que je passais avec elle était suffisamment court sans que je l'ennuie avec ces stupides questions de droit, disait-elle.

— Le droit, ennuyeux ? s'exclama Emily. Je ne connais pas de branche plus passionnante. Se documenter sur une affaire, en rencontrer les protagonistes, élaborer une stratégie, construire un plaidoyer... Peut-on imaginer une activité plus captivante ? Bien sûr, je ne l'exerce pas à proprement parler mais j'ai l'impression de la vivre par votre entremise. Et puis, chaque procès est unique, même si le même type d'action y est déployé. Le contexte, la personnalité des gens qui y participent font qu'il est différent à chaque fois, ajouta-t-elle, pleine d'enthousiasme.

— C'est ainsi que je le ressens, répondit

Adam, ému. Quel plaisir de discuter de mon travail avec vous. Vous me comprenez si bien ! J'en éprouve presque autant de joie qu'à vous aimer. Presque...

Il se pencha sur elle pour l'embrasser.

Quand le procès fut terminé — et gagné ! — ils sortirent davantage, le soir, allant au cinéma, au théâtre ou au concert. Mais le plus souvent, ils restaient chez Adam, heureux simplement d'être ensemble.

Contrairement à ce qu'avait redouté Adam au départ, l'attirance qu'il éprouvait pour Emily ne s'amenuisait pas. Au contraire. Il découvrait qu'il la désirait chaque jour davantage.

L'amour physique qu'il partageait avec elle, tantôt tendre, tantôt passionné, lui procurait un tel plaisir qu'il se demandait parfois s'il avait connu la même félicité avec Cassie. Le souvenir de leur vie commune commençait à s'estomper. En fait, il ne faisait pas tellement d'efforts pour se la rappeler. Les moments qu'il passait avec Emily étaient trop bons pour qu'il les gâchât en pensant à son ex-femme.

L'été se déroula donc ainsi, sans souci du monde extérieur. Ils se suffisaient à eux-mêmes.

Emily, bien que ravie de cette situation, notait cependant qu'ils ne rencontraient jamais personne d'autre. Ce constat la chagrinait. De toute évidence, Adam ne souhaitait pas la présenter à ses parents et amis. Sans doute trouvait-il inutile de lui faire connaître des gens qu'elle ne fréquenterait plus sitôt leur liaison terminée. N'était-elle pas d'une classe inférieure ?

Aussi fut-elle stupéfaite quand Adam entra, un beau matin, dans son bureau pour lui dire :

— Ma mère donne une réception, samedi. Etes-vous libre ?

— Moi ?

L'avocat fit mine de regarder derrière lui.

— Bien sûr, vous ! Je n'ai pas pour habitude de parler aux murs !

— Non, je... ne peux pas.

— Pourquoi ? Avez-vous autre chose de prévu ?

— Non, mais...

Adam fronça les sourcils.

— Alors ? Je ne comprends pas. A moins que... Vous ne *voulez* pas venir, c'est plutôt cela, non ? D'accord, je reconnais que cela ne sera pas forcément amusant mais...

— Il ne s'agit pas de cela, le coupa Emily.

— Expliquez-vous, je vous en prie.

— Je... j'ai peur.

Les yeux d'Adam s'arrondirent d'étonnement.

— Peur ? Mais de quoi ! Il n'y aura pas beaucoup de monde à cette réunion, seulement la famille.

— C'est bien cela qui m'effraie !

— Je comprends de moins en moins. Ne connaissez-vous pas déjà mes parents, Taggart, et même James ?

Emily hocha la tête.

— Oui, je l'ai vu à une ou deux reprises, je crois.

— Bon, eh bien, vous ne serez pas perdue !

— Adam, rencontrer votre mère une fois par an, lors de l'arbre de Noël, ou la croiser dans le hall lorsqu'elle vient rendre visite à votre père, ne signifie pas la connaître ! Elle m'intimide. C'est une si grande dame ! Et puis, c'est une Fairman !

— Quel rapport ? Si vous allez par là, j'en suis

un, moi aussi, ce qui ne semble pas vous avoir beaucoup gênée, jusque-là, ajouta Adam d'un air malicieux.

— Ce n'est pas la même chose.

— Ah bon ! Et Taggart ? Vous l'aimez bien, n'est-ce pas ?

— Oui.

— Alors pourquoi n'en serait-il pas de même avec les autres membres de ma famille ? Vous verrez, reprit-il, ce sera très bien. Ma mère organise toujours une belle fête pour clôturer l'été.

— Je ne mets pas en doute la qualité de la réception de Mme Marshall.

— Son prénom est Joyce.

Emily, exaspérée, explosa :

— Adam, vos parents sont sans doute très gentils mais je n'appartiens pas à leur monde !

— En voilà une idée ! Nous nous entendons plutôt bien, que je sache !

— Je me le demande ! Pourquoi ne pas m'avoir présentée à vos proches plus tôt, alors ?

L'avocat resta un instant bouche bée.

— Oseriez-vous insinuer que je vous ai cachée parce que j'avais honte de vous ?

Il avait l'air si furieux qu'Emily regretta immédiatement ses paroles. Elle se contenta de hocher faiblement la tête.

— Eh bien, si je m'attendais à cela !

Adam se leva soudain pour aller fermer la porte qui donnait sur le hall puis revint vers Emily, les mains sur les hanches.

Comme il est beau ! observa la jeune femme. Dans cette position, sa poitrine semblait encore plus puissante, son regard, plus profond. Bien qu'elle le connût maintenant sur le bout des ongles, il l'impressionnait toujours autant.

— Voici mon plaidoyer puisque je suis accusé, commença-t-il. Je ne vous ai, jusqu'à maintenant, emmenée à aucune soirée parce que : primo, j'étais pris par mon travail, secundo, je ne suis pas très friand de ce genre de mondanités, tertio, je préférais vous garder égoïstement pour moi seul.

Si j'avais su que vous aviez envie de rencontrer des gens, j'aurais arrangé cela, évidemment !

Emily sentit sa gorge se nouer. Ses yeux s'embuèrent.

— Oh, Adam, balbutia-t-elle. Est-ce vrai ?

— Bien sûr ! Que vous ayez cru le contraire me vexe énormément.

La jeune femme s'avança vers lui. Elle lui prit la main qu'elle pressa sur sa joue.

— Moi aussi j'aime mieux rester seule avec vous. Jamais je n'ai ressenti d'autre besoin que d'être dans vos bras. Cependant, cela m'attristait un peu de songer que vous ne me trouviez pas assez bien pour me présenter à vos amis.

Adam la pressa contre lui.

— Ah, Emily, comment pourrais-je avoir honte de vous ? Vous êtes si belle, si douce, si intelligente !

Il ponctua chaque mot d'un baiser de plus en plus long, de plus en plus fougueux.

— Où trouver une collaboratrice plus dévouée, une amie plus fidèle, une amante plus passionnée ?

Il releva la tête, les yeux brillant de désir.

— Vous m'avez fait perdre le fil de mes pensées. Où en étais-je ? Ah oui ! Alors, m'accompagnerez-vous samedi ?

— Oui.

— J'aime mieux cela. Je vais pouvoir aller travailler l'âme en paix, maintenant, plaisanta-t-il.

Déjà, il se dirigeait vers la porte.

— Mais...

— Pardon ?

Une telle inquiétude se lut sur le visage d'Adam qu'Emily faillit éclater de rire.

— Etes-vous certain que votre mère désire ma présence ? Je veux dire... Il s'agit d'une réunion familiale, non ?

— Ma mère est large d'esprit. Elle permet toujours à ses fils d'inviter leurs petites amies. Par ailleurs, si vous voulez tout savoir, cela fait trois fois qu'elle m'appelle pour me demander si vous venez.

— Je ne vous crois pas. Pourquoi tiendrait-elle tant à me voir ?

— Parce que mon père lui a parlé de vous, que Taggart lui a vanté votre charme et votre beauté. Et puis, tout le monde sait que je ne suis allé nulle part sans vous, au cours des derniers mois, et que je n'ai pas eu une liaison aussi longue avec une femme depuis mon divorce. Aussi est-elle désireuse de faire plus amplement votre connaissance.

De tout ce qu'Adam venait de lui dire, Emily ne retint qu'une chose : elle ne représentait pas, à ses yeux, une conquête parmi tant d'autres ! Une immense joie la submergea.

Au fur et à mesure que le jour de la réception approchait, cette joie déclina cependant rapidement. Peu importe ce que Adam lui disait, Emily savait bien qu'elle n'appartenait pas au même monde que lui. L'idée d'avoir à rencontrer ses parents dans un cadre autre que le bureau la terrifiait. Avait-elle échangé avec eux plus de quatre mots en dix ans ?

Joyce Marshall était belle, raffinée. Lors de la fête de Noël à « Marshall, Pierson, Tidrell et Sommers », elle remplissait à merveille ses obligations sociales, adressant à chaque employé de son mari un sourire ou une parole gentille. On ne pouvait s'empêcher de noter, cependant, une certaine condescendance dans son attitude. Prêtait-elle attention, d'ailleurs, à ce que l'on lui répondait ?

Leith Marshall, lui, était un homme imposant et froid. Emily était ravie de n'avoir jamais eu à travailler directement pour lui. S'il était aussi réputé que son fils, il était loin de se montrer aussi cordial !

Ne se servirait-on pas de cette soirée pour tester ses capacités à briller en société ? pensa soudain la jeune femme avec effroi. Elle était sûre, alors, d'échouer aux yeux de tous, de ceux d'Adam y compris.

Le samedi après-midi, Emily passa trois heures à se préparer, changeant cinq fois de tenues avant de se décider finalement pour une simple robe de toile blanche, au corsage croisé devant, qui soulignait la finesse de sa taille et la gracilité de sa nuque. Sa main tremblait si fort qu'elle dut s'y reprendre à plusieurs fois pour se maquiller. Malgré la chaleur de ce dernier jour d'août, elle se sentait toute frissonnante.

Il lui fallut ensuite attendre trente interminables minutes la venue d'Adam tant sa peur l'avait conduite à s'habiller trop tôt. Durant ce laps de temps, elle allongea à plusieurs reprises le bras vers le téléphone. Après tout, elle pouvait très bien être malade, n'est-ce pas ?

Quand, enfin, Adam arriva, vêtu d'un superbe

smoking blanc, elle lui retourna un pauvre sourire.

L'avocat l'enveloppa d'un regard appréciateur.

— Vous êtes splendide ! s'exclama-t-il en l'embrassant fougueusement. Tous les hommes vont me jalouser !

Emily résolut de taire ses craintes, de peur d'indisposer Adam. De toute manière, il était trop tard pour reculer.

— Je pense que je suis prête, murmura-t-elle d'une voix blanche.

Adam la pressa très fort contre lui.

— Tout ira bien, vous verrez.

La demeure des Marshall, magnifique, évidemment, était située dans Stratford Road, près de Buena Vista, dans le quartier le plus chic de Winston-Salem.

Emily, que la présence d'Adam avait un peu plus détendue, sentit revenir son appréhension à la vue de l'allée, déjà pleine de voitures. Il n'y avait là que des Mercedes, des BMW, des Cadillac, des Porsche, des Rolls Royce...

A peine avaient-ils franchi le perron qu'un maître d'hôtel très stylé les accueillit.

— Ravi de vous voir, monsieur Adam, fit-il en s'inclinant cérémonieusement. Dois-je vous annoncer à Monsieur et Madame ?

— Non, non, James. Nous les trouverons bien.

Après avoir parcouru un immense hall, ils pénétrèrent dans une vaste salle à manger, haute de plafond, aux impressionnants lustres de cristal. Malgré la foule, Emily nota aussitôt le prestigieux buffet. Des garçons, en smoking noir, un plateau à la main, passaient continuellement dans l'assistance pour servir les invités trop occupés à parler ou trop paresseux pour le faire eux-mêmes.

Par les portes-fenêtres ouvertes toutes grandes — Emily en dénombra au moins quatre — on voyait, au premier plan, une terrasse avec piscine, puis, au loin, un splendide parc boisé.

Un nombre incroyable de gens se tenaient un peu partout, assis ou debout. Une réunion familiale, vraiment ? pensa Emily, sceptique. Adam, sans qu'elle le lui demande, répondit à son interrogation :

— Il y a là au moins quatre générations de Fairman et de Marshall. Ma mère nous réunit toujours tous, deux fois par an, à Noël et en été. Venez, je vais vous présenter.

Ils s'avancèrent dans la pièce. Emily serra la main à une quantité étourdissante de tantes, oncles, cousins, cousines, neveux...

— Je ne me souviens déjà plus de leurs noms, souffla-t-elle à l'oreille d'Adam.

L'avocat haussa les épaules.

— Aucune importance. Moi-même ne suis pas très sûr de reconnaître tout le monde. Il y a des gens que je vois si peu souvent. Ah ! Voici ma mère !

Emily sentit à nouveau son sang se glacer dans ses veines.

Joyce Marshall était, comme toujours, très élégante. Elle portait, aujourd'hui, une somptueuse robe de soirée de satin vert. Un sourire resplendissant illumina son visage dès qu'elle les aperçut.

— Enfin, vous voilà ! s'exclama-t-elle en offrant coquettement sa joue à Adam pour recevoir un baiser.

Elle pressa ensuite chaleureusement la main d'Emily dans la sienne.

— Emily ? Je présume. Je suis si contente de vous voir.

— Moi de même, balbutia la jeune femme.

D'un seul coup d'œil, elle se sentit jaugée sans que l'expression polie de son hôtesse n'en soit altérée. Que pensait-elle ? Etait-elle déjà tombée en disgrâce ?

— J'avais peur qu'Adam ne vous garde encore égoïstement pour lui, poursuivit Mme Marshall.

Emily sourit pour pallier son silence. Mon Dieu, que dire pour ne pas passer pour une idiote ? se désespéra-t-elle.

Elle avait tort de s'inquiéter : Joyce Marshall, en parfaite femme du monde, n'était jamais à court de paroles.

— Adam, reprit-elle, si tu allais chercher un verre à Emily tandis que nous faisons plus amplement connaissance ?

A la grande frayeur de la jeune femme, Adam les quitta. Sa mère, la prenant par le bras, la conduisit dans un petit salon attenant, un peu moins fréquenté.

— Leith m'a dit que vous travaillez avec mon fils depuis longtemps, commença-t-elle, une fois assise dans un fauteuil crapaud.

— Oui, madame. Cela fera dix ans, cet été.

Une lycéenne répondant aux questions d'une surveillante générale, voilà l'impression qu'elle avait !

— Dix ans ! C'est énorme ! Adam venait juste de débuter, alors ?

— Oui. Moi aussi, d'ailleurs.

— Comme c'est amusant !

Après un long silence, Joyce demanda :

— Etes-vous de Caroline du Nord ?

— Oui, je suis née à Winston-Salem.

Maintenant allaient surgir les inévitables

questions, redouta Emily. Que font vos parents ? Quelles écoles avez-vous fréquentées ? Etes-vous apparentée au docteur Townsend de la faculté de médecine ?

Pourtant, Mme Marshall se contenta d'observer :

— Moi aussi ; mes enfants, également, par conséquent. J'adore cette ville et ne voudrais la quitter pour rien au monde.

La mère d'Adam fit ensuite porter la conversation sur les activités culturelles de Winston-Salem, durant l'été, et sur les œuvres de bienfaisance dont elle s'occupait. Emily faisait de son mieux pour fournir des réponses appropriées, souriant au besoin quand elle était à court de mots ou quand tout simplement elle n'avait pas la moindre idée de ce que Mme Marshall lui racontait.

A son grand soulagement, Adam ne tarda pas à revenir. Joyce se leva aussitôt.

— Bon, eh bien, je vous laisse. Je suppose que vous avez d'autres gens à voir, fit-elle, un large sourire aux lèvres. En tout cas, j'espère avoir le plaisir de vous retrouver bientôt. Décidez Adam à venir, un de ces soirs, à la maison.

Une fois seule avec Adam, Emily but avidement le jus de fruits qu'il lui tendait.

— Alors, ce n'était pas aussi terrible que cela ?

— Non, admit la jeune femme. Votre mère est très gentille.

L'avocat la pressa contre lui, lui entourant les épaules de son bras.

— Un obstacle de franchi ! A ma grand-mère paternelle, maintenant. C'est le dragon de la famille. Elle me fait un peu penser à votre tante Rosemary. Toujours à s'occuper de ce qui ne la regarde pas ! Elle et Joyce sont à couteaux tirés depuis le jour où maman lui a ravi son cher fils, c'est-à-dire depuis trente-huit ans !

— Vous plaisantez ?

Adam secoua la tête.

— Pas du tout. Vous préférerez la mère de Joyce, j'en suis sûr.

Emily fit connaissance des deux grands-mères, chacune à leur tour.

Mme Marshall était une grande femme, mince et sèche, au regard d'acier. Elle devait avoir l'habitude d'être obéie, pensa Emily, intimidée. Son fils avait de qui tenir. Mme Fairman était tout le portrait inverse. Petite, rondelette, elle avait un visage rayonnant de bonté, des yeux vifs et malicieux. Elle semblait un peu perdue dans cette nombreuse assemblée. Elle confessa d'ailleurs à Emily qu'elle ne se sentait bien qu'en survêtement, dans son jardin, en train de tailler ses rosiers. La jeune femme lui accorda, d'emblée, toute sa sympathie. Elle serait bien restée à bavarder avec la vieille dame toute la soirée, mais déjà Adam l'entraînait vers un autre groupe de personnes.

Ils tombèrent bientôt sur son frère, James. Ce dernier, accompagné d'une jeune femme brune, à l'air fragile, ressemblait étonnamment à son aîné. Ses yeux étaient aussi bleus, ses cheveux aussi noirs.

A la différence d'Adam, cependant, son regard était froid, impénétrable. De ce fait, c'était lui qui semblait le plus âgé.

Emily se sentit tout de suite mal à l'aise en sa présence. Il la glaçait.

James la jaugea d'un rapide coup d'œil avant de lui serrer la main.

— Ravi de vous connaître, mademoiselle, fit-il d'un ton conventionnel. Je dois féliciter Adam. Ses goûts s'améliorent nettement.

— Merci, balbutia Emily, un peu interloquée que James ne lui présentât pas sa compagne.

— Je ne pensais pas te trouver ici, intervint Adam.

— Que je sache, je fais toujours partie de la famille, répliqua son frère.

— Pourquoi n'es-tu pas venu, alors, à Noël ?

— J'avais trop de travail !

— Tout de même ! Un jour comme celui-là !

James haussa les épaules. Apparemment, il se souciait peu des traditions et de ses obligations filiales.

— Vous êtes-vous déjà approchés de la sainte table ? reprit-il d'un air moqueur. Je crois que je vais y aller, je meurs de faim. Tu viens, Pamela ?

Emily et Adam les suivirent vers le buffet. Une fois leur assiette garnie, ils retournèrent tous les quatre s'installer au bord de la piscine où ils furent bientôt rejoints par Taggart. Il était accompagné d'une ravissante jeune femme aux cheveux auburn et aux splendides yeux verts.

Emily nota une certaine froideur entre Taggart et James. Il n'y en eut aucune, par contre, de la part de ce dernier et d'Adam, pour saluer la jeune femme. Tous deux se levèrent précipitamment pour l'embrasser. Emily en conçut immédiatement une pointe de jalousie.

— Sammie ! Comme c'est bon de te retrouver !

— Alors ? Et l'Europe ?

L'intéressée leur sourit affectueusement.

— Terrible ! Sauf que quatre semaines, c'est trop court pour tout visiter. Il va falloir que je persuade mon patron de me donner plus de vacances. Et vous autres ? Comment allez-vous ?

Toujours à gagner de l'argent sur le dos des pauvres gens, n'est-ce pas ?

— C'est une manière de voir les choses, fit Adam en souriant.

Il se tourna vers Emily.

— Sammie, je te présente Emily Townsend. Emily, voici ma cousine, Samantha Fairman.

Une brusque joie submergea Emily à cette précision. La jeune femme ne lui en sembla que plus sympathique. Toutes deux se serrèrent chaleureusement la main.

Taggart retourna à l'intérieur chercher des desserts pour tout le monde. Adam l'accompagna.

— Savez-vous qu'on ne parle que de vous, en ce moment, dans la famille ? s'exclama Samantha qui avait pris place aux côtés d'Emily, sur le siège laissé vacant par Adam.

Devant l'expression interdite de sa voisine, elle poursuivit :

— Ne vous inquiétez pas. Tout ce qui se dit est en votre faveur.

— Je n'en suis pas si sûre !

— Eh bien, vous vous trompez ! Je suis arrivée assez tôt à la soirée et ai eu le temps de me promener dans l'assistance. Je peux vous assurer que vous avez remporté l'approbation générale !

— Approbation ? répéta Emily, abasourdie.

— Oui. La grand-mère d'Adam a admis que vous étiez correcte, ce qui est un très beau compliment, venant d'elle. Ma chère petite Mammie a déclaré que vous étiez tout simplement délicieuse. Quant à tante Joyce, elle est très heureuse.

— Ce n'est pas possible, balbutia Emily, de plus en plus stupéfaite.

— Ne vous fiez pas à son air froid. En fait, elle

a un cœur d'or. Elle se fait beaucoup de souci pour Adam, depuis son divorce. Cassie ne lui a jamais plu, mais alors, maintenant...

Samantha agita la main pour traduire la virulence des sentiments que Mme Marshall portait à son ex-bru.

— Nous lui en voulons tous, d'ailleurs, pour la manière dont elle a traité Adam. Comme vous le voyez, nous avons l'esprit de famille. C'est pourquoi nous sommes ravis qu'Adam ait enfin trouvé le bonheur à vos côtés. Il était temps !

— Pourquoi cela ? demanda Emily, vaguement inquiète.

— Parce que Cassie, paraît-il, est en train de divorcer d'avec son second mari. Tante Joyce n'avait qu'une crainte : qu'elle ne vienne relancer Adam, mais à présent, elle est rassurée.

— Je vois, parvint à dire Emily, les lèvres exsangues.

On lui aurait assené un coup sur la tête qu'elle n'aurait pas été davantage étourdie. Cassie revenait ! Cette fois, c'était fini. Elle avait bel et bien perdu Adam. Mme Marshall se trompait. Comment pouvait-elle faire le poids contre Cassie ?

Comme Adam s'avançait vers la piscine pour rejoindre Emily, il la trouva en grande conversation avec Samantha. Il repartit donc en sens inverse. Il lui restait des gens à saluer, alors autant le faire pendant qu'il était seul. Emily avait eu son compte de civilités, pensa-t-il, attendri.

Il échangea quelques mots avec des grands-tantes veuves dont la plupart n'y voyaient plus très bien ou étaient sourdes. A chaque fois, il dut rappeler qui il était mais il savait très bien, faute de l'avoir fait, qu'il se serait toujours trouvé une de ces délicieuses vieilles dames pour dire :

— C'est le fils de Leith, l'aîné. Jamais un bonjour, jamais un mot gentil. Ah ! les jeunes ! De notre temps...

Ses obligations familiales satisfaites, il se hâta vers la terrasse. Emily ne s'y trouvait plus. Où pouvait-elle bien être ? Il fouilla du regard le parc.

— Elle n'est pas perdue ! fit une voix moqueuse à côté de lui.

Adam tressaillit. Il n'avait pas entendu arriver son père.

— Elle doit être partie se promener avec Taggart et Samantha, répondit-il d'un air qu'il voulut détaché.

— Belle soirée, n'est-ce pas ? fit Leith.

— Oui. La maison ne va bientôt plus être assez grande pour accueillir toute la famille.

— En tout cas, ce n'est pas grâce à mes fils qu'elle s'agrandit !

N'espérant pas de commentaire, M. Marsall sortit un cigare de sa poche et entreprit de l'allumer.

— Elle a beaucoup changé, commenta-t-il, enfin.

— Qui ? Emily ?

— Bien sûr, Emily. Qui d'autre ? Je n'entends parler que de vous deux, au bureau. Je suppose que tu sais ce que tu fais.

— Comment cela ? Que veux-tu dire ?

Leith Marshall fixa le bout de son cigare.

— En général, ce genre de liaison tourne toujours mal.

— Je ne vois pas pourquoi.

— Tu envisages de l'épouser ?

Adam, que cet interrogatoire ennuyait, haussa les épaules.

— Je n'en sais rien. En fait, je n'y avais encore jamais pensé !

— Les sentiments ne sont jamais statiques, Adam. Tu es bien placé pour le savoir. A la longue, tu devras te décider.

— Nous ne sommes ensemble que depuis quelques mois !

— Tu sais comment sont les gens. Lorsque l'on ne se conforme pas à l'ordre établi, les critiques sont nombreuses.

— Où veux-tu en venir ?

— Tu n'occupes pas dans la société exactement la même place que n'importe lequel avocat. Tu te dois donc de montrer l'exemple. Pourquoi ne pas régulariser votre situation ?

— Quelle importance puisque nous sommes heureux ainsi ?

— Cette petite est charmante mais... crois-tu qu'elle pourra faire face à tes obligations sociales ?

— Au cas où tu ne l'aurais pas remarqué, je m'en crée très peu.

— De temps à autre, tout de même. Il le faut bien, dans ta profession ! Cassie était excellente, dans ce domaine, reprit M. Marshall.

— Oui et c'était aussi une très bonne épouse, répliqua Adam, d'un ton sarcastique.

— Joyce m'a appris qu'elle quittait son second mari.

Adam lui lança un regard stupéfait.

— Déjà ?

— Oui, et toujours d'après ta mère, elle regretterait ce qui s'est passé entre vous.

— Ah bon ? fit Adam sans grand intérêt.

Il scrutait toujours le parc du regard. Soudain, il tressaillit.

— La voici ! s'exclama-t-il.

— Qui cela ?

— Emily ! Elle marche sous les sapins avec Taggart et Samantha. A plus tard, père. Nous avons eu une conversation très intéressante.

Leith Marshall suivit son fils des yeux comme il traversait la terrasse. Un petit sourire naquit sur ses lèvres.

Chapitre 12

Emily n'entendait plus rien de ce que lui disait Samantha. Une seule pensée occupait son esprit. Cassie quittait son mari. Bientôt, elle serait de nouveau libre, libre de reprendre Adam. Comment pourrait-il en être autrement ? La brièveté de son second mariage n'était-elle pas la preuve qu'elle s'était rendu compte de son erreur ? Adam, après deux ans d'attente et de souffrances, l'accueillerait à bras ouverts.

Voilà, tout rentrait dans l'ordre pour eux, Emily, elle, avait perdu...

Lorsque l'avocat vint la rejoindre, elle resta tendue, préoccupée. La proposition d'Adam de s'esquiver de la soirée ne la dérida pas et, une fois couchés, son amant dut redoubler de tendresse et user de toute sa patience et de son habileté pour la retrouver.

Ce soir-là, Emily répondit à ses caresses avec ardeur, avec rage, comme si, inconsciemment, elle craignait qu'il ne s'agisse de la dernière fois.

Son humeur ne s'améliora pas les jours suivants. Adam semblait également soucieux. Il était sans aucun doute au courant pour Cassie. Pensait-il à leur future réconciliation ? A une manière élégante de quitter sa maîtresse ? Ce genre de suppositions minait Emily, lui faisait même parfois souhaiter que tout fût fini au plus vite entre eux. Au moins, elle n'aurait plus à supporter cette épouvantable torture.

L'incertitude n'était-elle pas cependant préférable ? Que deviendrait-elle lorsqu'elle aurait perdu irrévocablement Adam ?

En fait, l'avocat n'avait pas prêté un seul instant attention à la nouvelle que son père lui avait apprise concernant son ex-femme. C'est ce que M. Marshall lui avait dit au sujet d'Emily qui le tourmentait.

Epouser Emily ? Jamais il n'y avait songé. Depuis deux ans, il s'était toujours juré de ne pas se remarier. Son mode de vie, son activité professionnelle ne cadraient pas avec un statut d'époux. Son expérience avec Cassie lui avait suffi. Il ne tenait pas à la renouveler. D'ailleurs, pourrait-il jamais aimer une femme autant qu'il avait aimé Cassie ?

Cette certitude, qui ne l'avait pas quitté depuis son divorce, commençait à s'amenuiser maintenant qu'il connaissait Emily. Il vivait dans ses bras un bonheur sans mélange. Son désir pour elle renaissait, à peine assouvi.

L'aimait-il ? Souhaitait-t-il s'unir à elle pour le meilleur et pour le pire ?

Adam considéra un instant ce que serait leur vie s'ils la partageaient et s'aperçut que c'était exactement ce qu'ils faisaient actuellement. Ils étaient constamment ensemble, au bureau, chez lui. Les produits de maquillage de la jeune femme avaient trouvé naturellement leur place dans sa salle de bains. Son café favori trônait dans la cuisine. Et, lorsqu'ils étaient assis l'un à côté de l'autre, le soir, sur le canapé, ils divisaient automatiquement le journal en deux.

Pas une dispute ne les opposait. Etait-ce cela l'amour ? Leur liaison n'était-elle pas trop parfaite pour durer longtemps ? Ne reposait-elle pas trop, également, sur une entente purement physique ?

Adam aurait souhaité s'ouvrir à quelqu'un de ses états d'âme, mais à qui, sinon à Emily ? Elle le comprenait si bien ! Elle était pourtant la dernière personne, dans le cas présent, à laquelle il pouvait s'adresser. Aussi garda-t-il, enfoui au plus profond de lui-même, son désarroi.

Pour oublier ses soucis et, surtout, pour faire plaisir à Emily, il l'emmena un soir au Forsyth Country Club, le cabaret le plus réputé de Winston-Salem.

Malgré son excitation à l'approche de ce lieu inconnu, Emily sentit sa gorge se nouer. Quoi qu'en dise Adam, ce monde lui était étranger. Elle n'avait rien de commun avec ses habitants.

Dans l'élégante salle, remplie de non moins élégantes personnes, elle eut l'impression, avec le fourreau de soie rose que lui avait donné Jeannette, d'être comme Cendrillon au soir de son premier bal. Hélas, son Prince Charmant serait-il sien encore longtemps ?

Il semblait, pour l'heure, très à l'aise dans cet endroit, saluant et échangeant quelques mots avec une multitude de gens.

— Vous connaissez tout le monde, ici, observa la jeune femme.

— Presque, oui. J'étais un habitué du Club, avant.

— Et vos frères ?

— Taggart y fait de courtes apparitions de temps à autre. James n'y a jamais mis les pieds, par principe. Un tel endroit est contraire à ses idéaux sociaux ; il renforce, selon lui, l'élitisme, l'esprit de classe. Quant à moi, je... euh, j'y venais souvent quand j'étais marié. Cassie était très mondaine. Je dois dire, cependant, que je préfère des soirées plus solitaires.

Blottie entre les bras d'Adam, sur la piste de danse, Emily sentit bientôt sa tension disparaître. Elle était merveilleusement bien. Son bonheur était parfait. Que pouvait-il lui arriver de désastreux ainsi protégée ?

Au cours de la soirée, l'avocat lui fit rencontrer également quelques connaissances et amis.

Contrairement à ses craintes, Emily constata que personne ne la regardait bizarrement ni ne lui posait de questions indiscrètes. Il lui fut agréable de noter, même si les propos échangés étaient superficiels, qu'elle pouvait tenir son rang aux côtés de l'élite de Winston-Salem.

Comme ils allaient partir, elle sentit soudain sa joie s'évanouir. Cassie était là !

Fidèle à son image de marque, elle était splendide. Ses cheveux coupés court la rajeunissaient. Son maquillage, très étudié, lui conférait un regard profond, mystérieux. Elle était vêtue d'une robe de satin blanc, très ajustée, qui dévoilait sa gorge et ses épaules superbement bronzées.

Aucun homme, dans la salle, ne devait résister à son charme, pensa Emily. Elle jeta un coup d'œil à Adam. Lui aussi observait son ex-femme. Emily ne pouvait voir, cependant, l'expression de son visage.

Cassie se tourna alors vers eux. En réponse au merveilleux sourire qu'elle lui adressa, Adam se contenta de hocher la tête, enlaçant la taille de sa compagne.

Emily vit dans ce geste davantage de défi que de tendresse. Elle quitta le cabaret, au bras de son amant, la mort dans l'âme. Les douze coups de minuit avaient sonné. Il était temps pour Cendrillon de terminer son rêve.

Elle fut presque ravie de retourner au bureau, le lundi suivant. En effet, elle avait passé tout le week-end à guetter chez Adam ses premiers signes de lassitude vis-à-vis d'elle.

Lui aussi avait semblé distant, perdu dans ses pensées. Et, pour la première fois, depuis le début de leur liaison, ils avaient eu des mots, personne n'osant avouer à l'autre les raisons de sa mauvaise humeur.

Comme elle se forçait à se concentrer sur le document qu'elle était en train de taper, un bruit de pas dans le couloir lui fit lever la tête. Son sang se glaça dans ses veines.

Cassie, aussi belle que l'autre soir, s'avançait vers le bureau d'Adam. Elle adressa à Emily un sourire poli.

— Adam est-il chez lui ? demanda-t-elle.

L'espace d'une seconde, Emily eut peur de ne pas pouvoir parler tant sa gorge était serrée. Pourtant, elle s'entendit répondre, tout naturellement :

— Je le pense, oui. Souhaitez-vous que je le prévienne de votre arrivée ?

Cassie agita vaguement la main.

— Non, merci, ce n'est pas la peine. Je connais le chemin.

Déjà, elle avait disparu. Emily perçut peu après l'exclamation de surprise de l'avocat puis le clic de la porte qui se refermait.

Voilà, tout est fini, maintenant, se désespéra-t-elle. Cassie était revenue.

Un tremblement nerveux la saisit. Les yeux pleins de larmes, elle attrapa son sac et se précipita aux toilettes.

Adam était assis à son bureau, étudiant attentivement un dossier. Le bruit de la porte le fit sursauter. C'est alors qu'il la vit entrer, délicate et sophistiquée.

— Cassie ! s'exclama-t-il, stupéfait.

Cette dernière, sans autre invite, s'avança dans la pièce.

— Bonjour, Adam. Surpris de me voir ?

— C'est le moins qu'on puisse dire !

L'avocat se rappela à temps les règles de la bienséance et se leva. Que venait faire Cassie ? Il y avait bien deux ans qu'elle n'avait pas mis les pieds dans son bureau. Même durant la procédure de leur divorce, elle avait refusé de le rencontrer ici.

— Assieds-toi, je t'en prie, fit-il poliment en lui désignant une chaise.

Elle était toujours aussi belle. C'était indéniable. Il l'avait déjà remarqué, l'autre soir, au Club. Peu de femmes pouvaient rivaliser avec elle, dans ce domaine.

Comme d'habitude, elle était impeccable. L'avait-il, d'ailleurs, déjà vue autrement, même au plus fort de l'amour ? Adam pensa soudain à Emily, à son visage bouleversé par la passion, à sa chevelure ébouriffée, et se sourit à lui-même.

— Que viens-tu faire ici ? demanda-t-il sèchement.

— Au moins, tu ne t'embarrasses pas de formules de politesse !

Adam haussa les épaules.

— Je suppose qu'après deux ans, tu n'es pas venue ici pour bavarder !

— M'en veux-tu toujours ?

— De quoi parles-tu ? répondit l'avocat en fronçant les sourcils.

— De mon départ, évidemment !

— Non, je ne crois pas. Toute blessure se cicatrise, Cassie.

— Heureusement.

La jeune femme, qui s'était tenue, jusque-là, la tête baissée, leva soudain vers Adam des yeux immenses, remplis de larmes.

— J'ai besoin de ton aide, professionnelle, bien sûr. Je divorce d'avec Daniel.

Adam soupira.

— J'en avais entendu parler mais j'espérais que ce n'était là que des on-dit.

La surprise se lut sur le visage de Cassie.

— Tu espérais ? Je pensais au contraire que tu en serais ravi !

— Naguère, je l'eusse été, probablement. Aujourd'hui, je souhaite simplement que tu sois heureuse.

Cassie battit des paupières, sans un mot.

— Je ne traite pas les cas de divorce, tu le sais, reprit Adam. Je peux cependant te recommander un bon avocat, Frank Jarma ou Ed Shield, par exemple. Mais es-tu vraiment décidée ? Qu'est-ce qui ne va pas, cette fois ?

— Je suppose que je... que j'étais... Oh, je ne sais pas ! En fait, je m'attendais à davantage de... compassion.

— De ma part ? s'écria Adam, stupéfait. Pourquoi cela ?

Cassie se mordit les lèvres et enfonça ses doigts parfaitement laqués dans le cuir de son sac.

— J'espérais...

— Qu'espérais-tu ?

— Je pensais que tu me soutiendrais, que tu me réconforterais... et, euh... Autant être honnête. Je suis venue pour te proposer de revivre ensemble.

— Pardon ?

— Adam, écoute-moi, je t'en prie.

Sans prêter attention à son sac qui avait glissé à terre, Cassie se leva et s'avança vers son ex-mari.

— C'est sous le coup de la colère que je me suis séparée de toi. J'étais blessée, vexée de voir que tu ne me consacrais pas suffisamment de temps. Même ta secrétaire te voyait davantage que moi ! Maintenant, je comprends, ajouta-t-elle d'un ton amer.

— Si tu insinues que j'avais une liaison avec Emily à l'époque de notre mariage...

— Non, non. Tu es bien trop loyal pour m'avoir trompée.

— Cassie, pourquoi remuer ces vieux souvenirs ? C'est sans objet.

— Excuse-moi. Il n'était pas dans mon intention de le faire... Je voulais simplement... me justifier à tes yeux. Seule la colère, donc, m'a poussée à prendre un amant. Ensuite, par mon éducation, et surtout, par mon orgueil, je n'ai pas eu d'autre alternative que de demander le divorce. Comment légitimer ma conduite, sinon ? Mais sitôt mon remariage, j'ai commencé à me rendre compte de ma bêtise.

Adam l'écoutait, bouche bée. Que répondre, de toute manière ?

— Voilà... Je souhaitais te dire combien je regrette d'avoir agi ainsi. Tous les torts sont de mon côté, je le reconnais volontiers, maintenant. Quand je pense que je t'ai traité d'égoïste alors que c'était moi qui refusais de m'intéresser à tes activités professionnelles ! J'ai tout gâché, tout...

Je n'aime pas Daniel ; je ne l'ai jamais aimé. Tu es la seule personne à avoir compté pour moi.

Ses yeux s'emplirent à nouveau de larmes.

— Je t'aime toujours, confessa-t-elle d'une voix blanche.

Il y a encore quelques mois, Adam eût donné n'importe quoi pour entendre ces mots de la bouche de Cassie. Il aurait alors sauté de joie. Il aurait pris la jeune femme dans ses bras, la serrant à l'étouffer, l'embrassant avec fougue. Aujourd'hui, cependant, il ne pouvait que la dévisager et se demander comment mettre fin à cette scène élégamment.

Il s'éclaircit la gorge.

— Euh... Cassie, je ne sais que dire...

La jeune femme partit d'un rire nerveux.

— Ce serait bien la première fois !

Une larme roula le long de sa joue quand elle reprit :

— Oh, Adam, c'est trop tard, n'est-ce pas ? Tu... ne m'aimes plus ?

— C'est exact, admit-il doucement.

Cette réponse le surprit lui-même. Voir Cassie se jeter à ses pieds, sauver son honneur bafoué n'était-il pas pourtant son désir le plus cher ? Etrangement, il ne ressentait, en ce moment, que de la pitié. Il n'y avait plus de place dans son cœur pour Cassie, et cela, parce qu'il était entièrement pris par... Emily !

Il aimait Emily !

Cette découverte le stupéfia. Il retint à temps un immense éclat de rire. Il aimait Emily ! Comment avait-il pu rester si longtemps sans s'en rendre compte ? Quel manque de lucidité chez quelqu'un qui se targuait pourtant d'analyser finement le comportement des autres !

Curieusement, il devait cette prise de

conscience à son ex-femme. Il avait fallu qu'elle vienne, qu'elle lui offre la possibilité de réaliser son souhait le plus cher pour qu'il s'aperçoive que son aspiration était devenue caduque.

Depuis quand aimait-il Emily ? Les sentiments qu'il éprouvait à son égard étaient-ils antérieurs à leur premier week-end à la montagne ? S'étaient-ils développés dans la chaleur de leur amitié, dans l'excellence de leur relation professionnelle ?

Cassie avait peut-être raison, après tout. Maintenant qu'il pouvait emmener Emily chez lui, il ne s'attardait pas tant au bureau...

Il aimait Emily, il aimait Emily ! Il mourut d'envie, soudain, de se précipiter dans son bureau pour lui en faire part. Hélas, Cassie se trouvait toujours là. Tout à sa joie d'avoir enfin découvert les causes du « mal-être » qui l'avait étreint ces derniers temps, il avait oublié la présence de son ex-femme !

— Je suis désolée, sanglota cette dernière. Je suis ridicule.

— Mais non.

Cassie esquissa un pauvre sourire.

— J'aurais dû savoir que c'était trop tard. C'est stupide de vouloir recoller ce qui a été cassé. On ne peut pas revenir en arrière...

Elle se baissa à terre pour ramasser son sac.

— Je crois... que je prendrai le même avocat que la dernière fois. Pardon pour tout le mal que je t'ai fait.

Adam secoua la tête, essayant de masquer son impatience.

— C'est loin, Cassie. N'aie plus de remords.

La jeune femme sourit à nouveau, de ce sourire incertain qui l'eût fait fondre, autrefois.

Comme elle allait partir, la porte s'ouvrit brusquement...

Emily avait réussi à atteindre les lavabos avant d'éclater en sanglots. Là, la tête appuyée contre la paroi métallique des toilettes, elle pleura toutes les larmes de son corps. Son rêve avait pris fin. Elle savait bien, pourtant, que cette situation ne pouvait durer éternellement. Elle se moucha bruyamment. Grâce au ciel, personne n'était entré. Son humiliation n'en aurait été que plus grande. Elle s'observa dans la glace. Comme elle le craignait, elle était horrible. Ses yeux étaient boursouflés, rouges, son visage, marbré. Elle soupira, mouilla un mouchoir et entreprit de se donner meilleure figure.

Que faire ?

Elle ne pouvait pas rester cachée, là, toute sa vie durant ! Tôt ou tard, il lui faudrait affronter Adam. Alors pourquoi pas maintenant ?

Quand Adam entrerait dans son bureau, elle lui dirait qu'elle comprenait, qu'il n'avait pas besoin de se justifier. Elle se représenta en train de hausser négligemment les épaules et de sourire sportivement. Non, elle ne s'était pas trop investie dans cette liaison... Oui, elle n'avait vu dans leur relation qu'un agréable passe-temps... Bien sûr qu'elle avait toujours su qu'il aimait Cassie... Il était donc normal qu'elle s'efface aujourd'hui...

Des larmes jaillirent de ses yeux. Elle gémit. Comment pouvait-elle dire cela ? Comment pouvait-elle accepter de perdre aussi facilement Adam alors qu'elle était désespérée ? Comment le retenir, cependant ?

Lui serait-il au moins possible de conserver quelques relations avec lui ?

Non, non, jamais plus! Comment travailler avec lui, ensuite, comment se tenir des journées entières à ses côtés sans avoir le droit de le toucher, de l'embrasser? Ce serait une véritable torture. La seule chose qui lui restait donc à faire était de quitter son emploi. Dès maintenant, elle allait écrire sa lettre de démission.

A nouveau un sanglot la secoua.

Ah! Pourquoi avait-elle accepté de se rendre dans son chalet à la montagne? Tout avait commencé avec ce fameux week-end! En fait, elle était bien plus heureuse avant, songea-t-elle, amèrement. Elle n'avait rien à regretter puisqu'elle ne connaissait rien!

Et si encore elle s'était contentée de cette première expérience!

Pourquoi ne s'était-elle pas cantonnée à son rôle de secrétaire? Pourquoi n'était-elle pas tout simplement restée comme elle était? Quel besoin l'avait poussée à changer de coiffure, de vêtements, de personnalité? Pourquoi essayer de devenir quelqu'un qu'elle n'était pas?

La réponse était évidente. C'est l'amour qu'elle portait à Adam qui était la seule et unique cause de son changement.

Emily se tint soudain un raisonnement différent.

Effectivement, elle n'était plus la même. Inutile de continuer à croire qu'elle n'était pas jolie, qu'elle était insignifiante. Son entourage masculin lui avait prouvé le contraire. Elle-même l'avait constaté. La famille d'Adam ne l'avait pas méprisée, ses amis ne s'étaient pas moqués d'elle... Alors, pourquoi ne pourrait-elle pas prétendre à son amour?

Jamais, en tout cas, elle ne reviendrait à sa vie morne d'antan.

Emily se moucha à nouveau. Soudain, elle chercha fébrilement, dans son sac, ses produits de maquillage. Elle ignorait encore quel moyen d'action elle allait utiliser pour combattre Cassie. Elle ne savait qu'une chose : elle devait agir. Au moins, elle aurait essayé...

Aussi rapidement et aussi nettement que ses doigts tremblants le lui permettaient, elle essuya le mascara qui avait coulé, ombra ses paupières, se mit du fond de teint et redonna une couleur à ses lèvres exsangues. Elle se brossa ensuite énergiquement les cheveux.

Ceci fait, elle s'étudia attentivement dans la glace. Oui, c'était mieux, mais ce n'était pas encore cela...

Son tailleur, bien que très élégant, n'était pas assez séduisant, du moins pas pour l'action qu'elle souhaitait entreprendre... D'un geste brusque, elle ôta la veste.

La fine blouse de soie mauve qu'elle portait dessous mettait admirablement en valeur ses épaules nues, dévoilait de façon troublante la naissance de sa gorge. Ses seins pointaient effrontément sous le léger tissu. C'était à la fois discret et provocant.

Satisfaite, Emily quitta les lavabos. Elle revint dans son bureau pour déposer ses affaires et, le cœur battant, traversa le hall pour se rendre chez l'avocat.

Dès qu'elle entra dans la pièce, Emily sut qu'elle avait perdu. Adam était rayonnant de joie.

Refusant cependant de s'avouer battue, elle s'exclama d'un air faussement gêné :

— Oh ! Excusez-moi, Cassie ! Je ne vous savais pas encore là !

Cassie, debout, son sac sur l'épaule, la regardait, stupéfaite.

Emily s'avança vers Adam. Ce dernier, fasciné par sa démarche souple et sensuelle, ne disait rien. Arrivée à ses côtés, Emily se hissa sur la pointe des pieds pour l'embrasser.

Un peu interloqué, Adam ne répondit pas, au départ, à son baiser. Comme la jeune femme se pressait voluptueusement contre lui, insinuant sa langue entre ses dents, il sentit bientôt sa réserve l'abandonner. Il l'enlaça étroitement.

Emily, surprise par sa réaction, voulut s'écarter mais Adam la retint. Lorsqu'ils se séparèrent enfin, haletants, ivres de plaisir, ils s'aperçurent qu'ils étaient seuls dans la pièce. Cassie était partie, sans mot dire, durant leur fougueuse étreinte.

Emily perdit soudain sa belle assurance. Que dire maintenant ? Comment justifier son geste ?

— Seriez-vous venue marquer votre territoire ? plaisanta Adam.

— Peut-être.

— Jalouse ? reprit-il, un petit sourire aux lèvres.

Il ne pouvait détacher les yeux de la forme émouvante de son corsage. N'y tenant plus, il la caressa de ses doigts, à travers l'étoffe.

Emily sentit une vague de chaleur la submerger.

— Oui, souffla-t-elle.

Adam l'enlaça à nouveau passionnément. D'une voix rauque, il murmura :

— Si nous allions chez moi ?

Encore trop abasourdie pour s'interroger sur le sens de cette proposition, Emily acquiesça. C'était elle et non Cassie qu'Adam emmenait chez lui. Pour le moment, c'était tout ce qu'il lui importait de savoir.

Sur le chemin du retour, Adam conduisit comme un fou, ignorant les limitations de vitesse, passant tous les feux à l'orange. Une fois chez lui, cependant, toute hâte le quitta. Il prit tout son temps pour dévêtir Emily, pour parcourir tout son corps de caresses et de baisers.

Ils se donnèrent l'un à l'autre furieusement et, dans un même mouvement, au même rythme, se laissèrent emporter par le tourbillon qui menait à l'extase.

Ils restèrent un long moment immobiles, hors du temps, écoutant leurs deux cœurs qui battaient à tout rompre.

— Pourquoi avoir surgi ainsi dans mon bureau ? murmura enfin Adam, épuisé et heureux.

Emily tressaillit.

— Parce que... je savais que Cassie s'y trouvait. J'étais sûre de vous avoir perdu, alors. Après avoir pleuré mon désespoir, j'ai décidé de combattre, voilà.

Adam sourit.

— Je dois dire que votre corsage était une arme redoutable. Mais qu'est-ce qui vous faisait croire que Cassie était une rivale ? ajouta-t-il plus sérieusement.

Emily se dressa sur un coude.

— Vous l'aimiez, vous étiez désespéré après son départ.

— Oui, c'est étrange. Pendant longtemps, je n'ai souhaité qu'une chose : qu'elle me revienne, me demande pardon. C'est ce qui s'est produit aujourd'hui. Pourtant, cela m'a laissé indifférent.

Une lueur intense brillait dans ses yeux.

— J'ai compris alors que vous étiez la seule que j'aimais, la seule que je désirais. Tout ce que j'avais ressenti auparavant : désespoir, orgueil bafoué, souffrance, avait disparu. Vous m'aviez fait tout oublier. Je vous aime, Emily, je vous aime plus que tout au monde.

— Adam !

Emily s'était jetée à son cou pour l'embrasser. Quand elle releva la tête, des larmes roulaient le long de ses joues.

— Et vous ? demanda doucement Adam. Allez-vous me faire languir davantage ?

— Comme si vous ne le saviez pas ! s'écria Emily, éperdue de bonheur. Mais je vous aime ! Je vous aime depuis si longtemps !

La stupéfaction se lut sur le visage d'Adam.

— Comment ?

— Je vous aime depuis le début, depuis que j'ai commencé à travailler pour vous.

— Depuis dix ans ?

Emily acquiesça d'un signe de tête.

— Oh ! Emily ! Quand je pense à tout ce temps perdu... Nous allons le rattraper, soyez-en sûre. Pour commencer, je veux que vous soyez ma femme.

Ce fut au tour d'Emily de se montrer abasourdie.

— Vous... vous plaisantez ?

— Bien sûr que non. Nous nous aimons, nous nous marions, c'est logique, non ? Qu'y a-t-il d'étrange à cela ?

— Mais que dira votre famille ? Que penseront vos amis ?

— En quoi cela les regarde-t-il ? Et puis, que pourraient-ils dire, sinon « toutes nos félicitations » ?

— Mais je ne suis pas...

Quelle importance qu'elle ne soit pas assez jolie, pas assez brillante, pas assez... Adam l'aimait ! Son souhait le plus cher se réalisait enfin !

Harmonie n° 135

LUCY HAMILTON

Mark Jones, qui êtes-vous ?

Mark Jones n'est décidément pas un blessé comme les autres...

Amené dans un piteux état au service des urgences de l'hôpital où travaille Vicki, il refuse, une fois opéré, de donner le moindre renseignement sur lui. Intriguée, Vicki apprend malgré tout qu'il a rempli une mission secrète pour le gouvernement et qu'il court un grave danger. Quel homme se cache donc sous la façade séduisante et caustique de Mark Jones !

Duo *Série Harmonie*

Harmonie n° 137

DIANA PALMER

Un bel Australien

Le cœur de Priscilla n'a jamais battu que pour John Sterling, le propriétaire terrien voisin de ses parents. Ces derniers, tout comme John, pensent qu'elle est trop jeune. Quatre années d'études à Hawaii devraient l'aider à oublier...

Mais à son retour en Australie, l'adolescente amoureuse s'est muée en une jeune femme élégante, désirable, déterminée à donner une leçon à tous ceux qui ont douté de la profondeur de ses sentiments. A commencer par John...

Duo Série Harmonie

Harmonie n° 138

FRAN BERGEN

Le moment est venu

Depuis toujours, Janet rêve d'agrandir son école de cuisine afin d'enseigner dans des conditions optimales. Mais son rêve se heurte à une dure réalité : toutes ses économies passent dans l'entretien d'El Paseo, la vieille demeure familiale qu'elle habite.

Lorsque Glenn Reeves lui propose le rachat d'El Paseo pour cinq cent mille dollars, elle hésite. Cet arrogant promoteur surestime trop El Paseo pour ne pas avoir une idée derrière la tête.

Duo *Série Harmonie*

Achevé d'imprimer sur les presses de l'Imprimerie Bussière
à Saint-Amand-Montrond (Cher)
en janvier 1987. ISBN : 2-280-83136-8
N° 3341. Dépôt légal : février 1987. Iprimé en France

Collections Duo
48, avenue Victor-Hugo 75116 Paris